《紅樓夢》哲學研究

儒佛道三教視閾下"情"的對話結構

A Philosophical Study of *The Dream of the Red Chamber*:
A Structured Dialogue on "Emotion" from the Comparative
Perspectives of Confucianism, Buddhism and Taoism

高源 著

中山大學出版社
·廣州·

版权所有　翻印必究

图书在版编目（CIP）数据

《红楼梦》哲学研究：儒佛道三教视阈下"情"的对话结构/高源著. —广州：中山大学出版社，2019.9
ISBN 978-7-306-06302-1

Ⅰ. ①红… Ⅱ. ①高… Ⅲ. ①《红楼梦》研究 Ⅳ. ①I207.411

中国版本图书馆 CIP 数据核字（2018）第 031032 号

Hongloumeng Zhexue Yanjiu Rufodao Sanjiao Shiyuxia Qing De Duihua Jiegou

| 出 版 人：王天琪
| 策划编辑：曾育林
| 责任编辑：曾育林
| 封面题字：高　源
| 封面设计：林绵华
| 责任校对：付　辉
| 责任技编：何雅涛
| 出版发行：中山大学出版社
| 电　　话：编辑部 020 - 84111996，84113349，84111997，84110779
| 　　　　　发行部 020 - 84111998，84111981，84111160
| 地　　址：广州市新港西路 135 号
| 邮　　编：510275　　传　真：020 - 84036565
| 网　　址：http：//www.zsup.com.cn　E-mail：zdcbs@mail.sysu.edu.cn
| 印 刷 者：广州家联印刷有限公司
| 规　　格：787mm×1092mm　1/32　6.625 印张　150 千字
| 版次印次：2019 年 9 月第 1 版　2019 年 9 月第 1 次印刷
| 定　　价：48.00 元

如发现本书因印装质量影响阅读，请与出版社发行部联系调换

前　言

本书拟将《红楼梦》置于中国哲学儒佛道对话的视阈中来进行探讨，关注《红楼梦》的哲学向度以及明清情思潮语境中的小说哲学形态，以期做系统化的整理探索。在《红楼梦》形成和早期流传过程中，就有旧评点派将其作为"悟书"来进行诠释和评价，而曹雪芹本人也在开卷不久即点出此书"大旨谈情""以情悟道"的主旨并用大量的儒佛道的术语来展示所悟之道。这为后来新红学兴起之际王国维等人将《红楼梦》放入哲学和宗教学视阈中进行研究提供了一种依据。同时，《红楼梦》在明清之际儒佛道三教思想融合的背景下凸显"情"

的问题,并将宋明理学以来的许多重要范畴放入小说语境中来重新思考和定位。通过智愚、真假、有无、情空、情理、好了等对立范畴以及"情情""空空""茫茫""渺渺"等术语的运用,《红楼梦》展现了与儒佛道三教范畴对话结构中"情"的境界嬗变和精神意蕴,并最终呈现出"到头一梦""万境归空"的主题思想。以"情"问题为核心来融摄儒佛道的思想资源并实现三教重要范畴在小说视阈下的论域转换,从而使三教冲突的价值观在特定的小说语境中得以融构并呈现独特的思想系统,表明《红楼梦》作为一部"悟书",是根植于中国传统儒佛道三教理论基础上的小说形式的哲学表达。

《红楼梦》哲学思想有别于宋明理学之理学与心学的独特价值或在于其展示了丰富的"情"的精神意蕴。《红楼梦》哲学的魅力不仅在于它反映了明清情思潮且融摄了儒佛道三教的思想,更重要的是,它承继并彰显了中国古代哲学中长期被隐匿的、独立于"道统"之外的"情学"或"风骚"传统。然而,这种以小说形式来融摄中国哲学范畴与命题的表达,却长期被中国哲学研究者所忽视。一部分原因或许在于,小说体裁并不是严谨的哲学文体,且本身叙事特质容易使人忽视其内在的哲学结构和精神系统。因此,以《红楼梦》哲学为代表的小说哲学成为20世纪中国哲学研究中的一个"盲点"。从这个角度看,小说哲学的兴起或将成为未来中国哲学研究中的一个新的领域和重要组成部分。

对《红楼梦》的哲学思考伴随着我对中国哲学与东方宗教的学习历程。出于对红学的浓厚兴趣,我在南京大学读研期间的硕士论文就以"《红楼梦》哲学与儒佛道三教关系"为题。在此我要感谢我的硕士导师洪修平教授,其"儒佛道三教关系"以及"东方哲学与宗教"的课题给我提供了一种更为广阔的平台和视角。同时,孙亦平教授、徐新教授、宋立宏教授、圣凯教授等诸位老师也对我曾经的红学研究提供了很大的帮助。我也想特别感谢方蔚林(舒也)教授,他曾投入大量的心血来手把手地教我希伯来语、古苏美尔楔形文字、古阿卡德语以及其他地中海沿岸古代语言。虽然这些古代语言后来并未真正成为我的主要学术语言，但它们让我深深意识到，小说哲学的研究不仅需要坚实的中国哲学的专业基础，而且还需要对多种世界语言的常规文献的掌握。

然而，对《红楼梦》哲学的研究随着我的芬兰博士项目"西方古典学、奥古斯丁与中世纪研究"的开展暂告一段落。我在两位导师Simo Knuuttila院士（芬兰科学院院士与欧洲科学院院士）和Miikka Ruokanen教授（芬兰赫尔辛基大学教义学教授）的共同指导下，进入到奥古斯丁及中世纪哲学家的情感世界。虽然暂时离开了中国哲学与东方宗教的研究领域，但西方哲学与基督教系统神学的训练让我对"情感"（emotions/passions）问题有了更深入的了解。同时，芬兰学派（亦称曼多马学派，Mannermaa School）有悠久的系统神学（哲学）分析的方法论，这为我借鉴系统分析法（The method of systematic analysis）来重新研究《红楼梦》哲学提供了坚实的方法论基础。在此，我也要特别地感谢

前言

芬兰学派的 Risto Saarinen 教授（曼多马继任者）、Ismo Dunderberg 院长（赫尔辛基大学宗教学院）、Sami Pihlström 院长（赫尔辛基大学高等研究院）、Pekka Kärkkäinen 教授、Janna Hallamaa 教授等这些年来对我北欧博士项目"*Freedom from Passions in Augustine*"的帮助。在完成奥古斯丁及系统神学语境中"情感"研究之后，回过头来再继续思考《红楼梦》哲学中情的精神境界问题，我感慨良多。中西方对"情"的本质理解有很大差异，然而两种异质文化对同一问题的解释有助于我们从跨哲学、跨宗教、跨文化的比较视阈中来更全面地了解"情"的现实处境和形而上学的终极意义。这本书的出版正是一种比较哲学在东方宗教视阈下的尝试。这或许是一个好的契机，来促使进一步的对世界宗教比较学语境中小说哲学的思考与研究。最后，感谢中山大学哲学系（珠海）对本书出版给予的支持，并感谢中山大学出版社承担本书的出版。

高 源 谨识

2019 年 3 月 20 日

目　录

第一章　导论 …………………………………………… 1

　　第一节　《红楼梦》哲学的性质和价值 …………… 5

　　第二节　《红楼梦》哲学的理论基础和所处的

　　　　　　时代思潮 …………………………………… 12

　　第三节　《红楼梦》的哲学主题和研究进路 ……… 20

　　第四节　本书的研究纲要 …………………………… 32

第二章　以情悟道：情与空对话结构中情境界的横向

　　　　嬗变 …………………………………………… 41

　　第一节　痴情境界：真与假 ………………………… 43

　　第二节　人情境界：礼与情 ………………………… 54

第三节　情不情境界：空与情 …………… 61

第四节　情情境界：空空与情情 …………… 73

第三章　炼情补天：情与理对话结构中情境界的纵向复归 …………… 85

第一节　形上之情：天之维度与情之萌动 …………… 87

第二节　形下之情：理情冲突与悲情境界 …………… 99

第三节　以情融理：无情之情与情情复归 …………… 112

第四章　情情境界：情与梦对话结构中澄明与诗意的和合之境 …………… 121

第一节　境界形上域：情情境界与庄子之道 …………… 123

第二节　形下诗意场：情情境界与禅之解脱 …………… 135

第三节　和合之境：情情境界与梦之对话 …………… 141

第五章　结语 …………… 153

参考文献 …………… 163

索引 …………… 194

第一章 导论

《红楼梦》能否进入哲学的视阈并成为中国哲学研究的一个领域,是近些年来学界争论的一个问题。随着国内《红楼梦哲学精神》《红楼哲学笔记》《〈红楼梦〉哲学论纲》《〈红楼梦〉与中国哲学》等专著或论文的出现以及欧美"《红楼梦》与儒佛道思想"研究的大量论文的出现,这个问题逐渐凸显起来。① 自 20 世纪初新

---

　　① 参见梅新林:《红楼梦哲学精神》,华东师范大学出版社 2007 年版;刘再复红楼四书,如《红楼哲学笔记》《红楼梦悟》《共悟红楼》《红楼人三十种解读》(此四书均见生活·读书·新知三联书店 2009 年版),以及刘再复论文《〈红楼梦〉哲学论纲》,载《陕西师范大学学报(哲学社会科学版)》,2008 年第 4 期,第 5 - 16 页。《〈红楼梦〉与中国哲学——论〈红楼梦〉的哲学内涵》,载《渤海大学学报》,2010 年第 2 期,第 5 - 18 页。其中,《红楼梦悟》的英文版,见 Liu Zaifu, *Reflections on The Dream of the Red Chamber*, transl. by Shu Yunzhong (New York: Cambria Press, 2008)。此外,关于红学的哲学与文化学向度的研究,见余英时:《红楼梦的两个世界》,上海社会科学院出版社 2002 年版;刘小枫:《拯救与逍遥》,华东师范大学出版社 2007 年版;梁归智:《禅在红楼第几层》,中国人民大学出版社 2007 年版。

　　值得关注的是,海外红学的哲学与宗教学维度的探索也日趋增长。有影响力的包括 Zuyan Zhou, *Daoist Philosophy and Literati Writings in Later Imperial China: A Case Study of The Story of the Stone* (Hongkong: Chinese University Press, 2013); Anthony C. Yu, *Rereading the Stone: Desire and the Making Fiction in the Dream of the Red Chamber* (Princeton, NJ: Princeton University Press, 1997); Jeannie Jinsheng Yi, *The Dream of the Red Chamber: An Allegory of Love* (New Jersey: Homa & Sekey Books, 2004); Dore J. Levy, *Ideal and Actual in The Story of the Stone* (New York: Columbia University Press, 1999); Li Wai-yee, *Enchantment and Disenchantment: Love and Illusion in Chinese Literature* (Princeton, NJ: Princeton University Press, 1993) 等。此外,自 2010 年始的欧洲汉学期刊 *European Journal of Sinology* 也反映了部分最新欧洲红学研究的动态,其中哲学路径的研究值得关注,比如 Karl-Heinz Pohl, "The Role of the *Heart Sutra* in *The Dream of the Red Chamber*," in *European Journal of Sinology* 5 (2014): 9 - 20.

第一章 导论

红学兴起以来,"曹学""版本学""探佚学""脂学"被引入红学领域,红学逐渐以考据学为主要内容而与甲骨学、敦煌学三足鼎立,成为国际汉学三大显学之一。但是,能否从哲学方面研究,自20世纪70年代起就引起了红学界的争论。因为《红楼梦》哲学并非是通过材料校勘的方法去厘清作者、版本等史实问题,其范围和研究对象模糊而不确定,因此一些学者认为它难以成为红学的一个分支①。从中国哲学的角度看,小说被认为是不入流的"小道"而被排斥在传统哲学话语系统之外。小说哲学的性质及其价值问题并未受到足够的重视。而《红楼梦》本身作为一部现实主义的人情小说,其思想价值也频受一些学者的质疑,认为它"启人淫窦,导人邪机",而且"作者的思想境界不过如此",其

---

① 周汝昌指出红学有它自身的独特性,人物性格、文章义旨是小说学的范围,而不是红学的范围。见周汝昌:《什么是红学》,载《河北师范大学学报》,1982年第3期,第2-9页。一些海外学者认为,价值诠释的读法相较于新红学来说,过于自由和不确定,所以是"不科学的讨论"。如汉·索斯(Haun Saussy)批评这样的读法是主观选择的结果。见Haun Saussy, "The Age of Attribution: Or, How the '*Hongloumeng*' Finally Acquired an Author", in *Chinese Literature: Essays, Articles, Reviews*, 25 (2003): 123. 关于《红楼梦》哲学研究的争论,亦见陈维昭:《红学通史》,上海人民出版社2005年版;冯其庸:《关于当前〈红楼梦〉研究中的几个问题》,载《北方论丛》,1981年第2期,第20-46页。

思想见地还不如《儒林外史》《老残游记》。① 因此，承继20世纪新红学的考证成果来讨论《红楼梦》哲学的性质、价值、理论形态及其思想来源等问题，无论从红学还是中国哲学的角度来讲，都有其重要意义。②

---

① 胡适在致高阳的信（1960年11月24日）中说："在那个贫乏的思想背景里，《红楼梦》的见解当然不会高明到哪儿去……更试读同一回里贾雨村'罕（悍）然厉色'的长篇高论，更可以评量作者的思想境界不过如此。我常说，《红楼梦》在思想见地上比不上《儒林外史》……也可以说，还比不上《老残游记》。"苏雪林在评《红楼梦》时说，"实在不通""是一个全身溃烂，脓血交流，见之令人格格作呕癞病患者"。见宋广波编注：《胡适红学研究资料全编》，北京图书馆出版社2005年版，第405－409页。

同治五年（1866年），梁恭辰之《北东园笔录》刊行，称"《红楼梦》一书，诲淫之甚者也"，曹雪芹身后萧条乃编造淫书之显报也。见宋广波著：《胡适红学年谱》，黑龙江教育出版社2003年版，第64页。光绪十七年（1891年），毛庆臻等认为《红楼梦》"启人淫窦，导人邪机"，"莫若聚此淫书，移送海外，以答其鸦片流毒之意，庶合古人屏诸远方，似亦《阴符》长策也"。同上书，第74－75页。

② 关于《红楼梦》哲学性质的研究，参见笔者论文高源：《〈红楼梦〉哲学性质考辨——红学作为中国哲学研究对象的反思》，载《山西大学学报》（哲学社会科学版），2018年第6期，第9－17页。

第一章 导论

第一节 《红楼梦》哲学的性质和价值

"《红楼梦》哲学"这一术语虽然很晚才有,但把《红楼梦》作为"悟书"来进行诠释和评价的做法在它形成和早期流传时即已有之。如清人"鸳湖月痴子"的《妙复轩石头记序》说:"似作者无心于《大学》,而毅然以一部《大学》为作者之旨归;作者无心于《周易》,而隐然以一部《周易》为作者之印证。"① 光绪年间,张新之在《增评补像全图金玉缘》卷首上谈及"红

---

① 一粟编:《古典文学研究资料汇编·红楼梦卷》,中华书局1980年版,第37页。

楼梦的读法"时,认为"《石头记》乃演性理之书,祖《大学》而宗《中庸》,故借宝玉说'明明德之外无书',又曰'不过《大学》《中庸》'"①。江顺怡在《读红楼梦杂记》中认为:"《红楼梦》,悟书也……谓之梦,即一切有为法作如是观也。非悟而能解脱如是乎?"②但是,清人这种评点的做法在新文化运动和民国时期渐趋消匿,代之而起的是对其哲学思想和价值的评述。王国维的《红楼梦评论》即是其中的一个代表。他说:"《红楼梦》,哲学的也,宇宙的也,文学的也。此《红楼梦》之所以大背于吾国人之精神,而其价值亦即存乎此。"③这里"哲学—宇宙—文学"的排列顺序明显地突出了《红楼梦》的哲学价值。王国维从哲学和美学的角度出发,指出《红楼梦》高于《桃花扇》《西厢记》等其他文化小说的地方就在于它独特的宇宙视角及其具有的一种证悟人生宇宙本质的自觉。因此,王国维的《红楼梦评论》被认为是《红楼梦》哲学研究中的

---

① 朱一玄编:《〈红楼梦〉资料汇编》,见《中国古典小说名著资料丛刊》(第七册),南开大学出版社2001年版,第700-701页。
② 一粟编:《古典文学研究资料汇编·红楼梦卷》,中华书局1980年版,第205页。
③ 王国维:《红楼梦评论》,上海古籍出版社2005年版,第13页。

第一章 导论

最早和最具影响力的著作。实际上,看到《红楼梦》的哲学价值并建议从哲学角度进行研究的并非王国维一人。辛亥时期的陈悦也说:"《石头记》一书,虽为小说,然其涵义,乃具大政治家、大哲学家、大理想家之学说,而合于大同之旨。谓为东方《民约论》,犹未知卢梭能无愧色否也。"①他认为应把《红楼梦》列入经史子集中的子部,其思想可与西方近代哲学相媲美。研究中国哲学的学者如牟宗三、唐君毅等也都试图从儒家或佛教的角度解读《红楼梦》的哲学思想。如牟宗三在其《〈红楼梦〉悲剧之演成》中认为《红楼梦》之过人与感人,绝不在描写之技术,而在其悲剧思想之大乘。②此外,周汝昌关于《红楼梦》作为中华"文化小说"③之论,一定程度上拓展了《红楼梦》的研究视野,给我们从儒佛道三教角度来研究提供了一些启示。

---

① 一粟编:《古典文学研究资料汇编·红楼梦卷》,中华书局1980年版,第269页。
② 牟宗三:《〈红楼梦〉悲剧之演成》,载《文哲月刊》第一卷第三期(1935年12月15日)、第四期(1936年1月15日)。
③ 周汝昌:《红楼梦与中华文化》,华艺出版社1998年版,第3-10页。

从上面旧评点派以及后来研究者的评述中我们可以看到,《红楼梦》在流传的早期就被许多评点家视为"悟书"而与四书五经、经史子集联系起来。它并非是离开中国传统哲学而孤立存在的文本形式,恰恰相反,中国哲学的许多范畴、命题、价值判断都深入到这本所谓"悟书"中并融构出它自身的主题和主旨。在一定程度上毋宁说,《红楼梦》是借用小说的言说方式来展示自己所悟之道和哲学思想的。这一点在第一回曹雪芹已经讲明原因,"市井俗人喜看理治之书者甚少,爱适趣闲文者特多"。"文以载道",曹雪芹用小说这种喜闻乐见的文学形式来展现其哲学思想实际上产生了更大的社会影响。因此,同样是"立言",借小说之名而传悟道之实是明清小说家不同于以往理学家的地方。小说所载之"道"是我们研究明清中国哲学时不可忽视的一部分。

另外,《红楼梦》也有不同于《西游记》《水浒传》《金瓶梅》等其他明清小说的特殊价值,它所蕴含的哲学思想具有独特性。它不仅扬弃了清代以前的才子佳人小说的写作模式,更吸收了传统哲学思想并融构出自身的哲学主题。这一点在清人的评点中有诸多评述。如张

第一章 导论

新之说:"《石头记》脱胎在《西游记》,借径在《金瓶梅》,摄神在《水浒传》。《石头记》是暗《金瓶梅》,故曰'意淫'。"①同时,张新之又将《石头记》与《周易》《大学》《中庸》甚至《春秋》《礼经》《乐记》《战国策》《史记》等传统经典作比较。②嘉道年间,甲戌本的收藏者刘铨福在《脂砚斋重评石头记》上题跋曰:"《红楼梦》非但为小说别开生面,直是另一种笔墨。昔人文字有翻新法,学梵夹书;今则写西法轮齿,仿《考工记》。如《红楼梦》实出四大奇书之外,李贽、金圣叹皆未曾见也。"③清人濮文暹、濮文昶亦有跋文:"《红楼梦》虽小说,然曲而达,微而显,颇得史家法。"④而脂砚斋的评阅也屡屡谈到《石头记》的文笔思想与同时代小说的不同之处,如第三回甲戌脂批:"奇奇怪怪一至于此。通部中假借癞僧、跛道二人,点名迷

---

① 〔清〕张新之:《红楼梦读法》,见《中国古典小说名著资料丛刊》(第七册),南开大学出版社 2001 年版,第 701 页。

② 见 Liangyan Ge, "The Mythic stone in *Hongloumeng* and an Intertext of Ming-Qing Fiction Criticism," in *The Journal of Asian Studies* (61:1, 2002): 58.

③ 邓遂夫校订:《脂砚斋重评石头记(甲戌校本)》,作家出版社 2006 年版,第 317 页。

④ 邓遂夫校订:《脂砚斋重评石头记(甲戌校本)》,作家出版社 2006 年版,第 318 页。

情幻海中有数之人也,非袭《西游》中一味无稽、至不能处便用观世音可比。"

当我们考察《红楼梦》作为"悟书"而区别于其他明清小说的时候,就不能不注意到新红学兴起之际《红楼梦》哲学的研究与之前"悟书"的品评之间的联系。从"悟书"到"《红楼梦》哲学"的演变过程的考察实际上也是在探索《红楼梦》哲学形成的过程,从而可以进一步明晰其性质和价值。我们可以看到,《红楼梦》哲学的形成具有三个方面的特点:①明清才子佳人小说流行的思维模式刺激了《红楼梦》创作形式的成功,《红楼梦》形成的特立独行的行文风格和哲学思想,是对这一时期小说形式的吸收和超越。① ②《红楼梦》是在明清之际情思潮的涌动时期创作而成的。曹雪芹与戴震同属雍乾时代并处于乾嘉学统背景中,他们继承了明

---

① 虽然一些学者认为"《红楼梦》其实是明末清初市井言情文学的产物……曹雪芹正是在这一时期降生和成长的,他完全没有继承发展晚明文学思潮的可能"(土默热:《土默热红学续》,吉林人民出版社2006年版,第364-365页),但是这种判断是基于《红楼梦》的作者是洪昇而不是曹雪芹的论断,所以有了小说创作时间上的争论,即便如此,明清才子佳人小说也受到了《红楼梦》的关注,并在小说形式上予以借鉴和超越。

第一章 导论

清之际李贽、顾炎武、黄宗羲、王夫之等哲学家的传统思想,对于程朱理学工具化和"以理杀人"的社会伦理异化有较深刻的反思,同时也结合市民阶层高涨的情思潮来对宋明理学的核心范畴"理""情""欲""性"等重新进行思考。① ③在脂评本系统中,甲戌本是保持曹雪芹原著原貌程度最高的本子,而其中脂批在透露《红楼梦》创作背景、揭示儒佛道思想和"悟"的阅读方法等方面有着非常重要的作用,故脂批本身所蕴含的哲学思想也是《红楼梦》哲学的有机组成部分,这根本不同于同时期其他小说的评点批注。

因此,我们可以看到,《红楼梦》一方面借鉴了清初叙事小说模式,另一方面则用小说的形式来对程朱理学末流进行反思,以"悟书"的形式来吸收中国传统哲学的范畴并在此基础上融构出自身的哲学精神,展现出小说论域中独特的思想视阈和理论主题。接下来,让我们看看哪些思想资源构成了《红楼梦》哲学的来源。

---

① 关于情思潮和明清之际反思宋明理学异化的哲学转向,见下节"所处的时代思潮"的探讨。

第二节 《红楼梦》哲学的理论基础和所处的时代思潮

《甲戌本凡例》① 一开始就点明《红楼梦》的旨义和书名的源流,并认为"情""梦""鉴""空"是曹雪芹这本书的点睛。而在第一回开卷不久之"乐极悲生""人非物换""到头一梦""万境归空"处,又有脂批

---

① 甲戌本是目前进行《红楼梦》哲学研究较为可靠的版本,而甲戌脂砚斋批语是体现《红楼梦》哲学思想较重要的一部分,因为它处处点出《红楼梦》的旨义、笔法、史实、哲学思想与关键术语。作为曹雪芹最重要的合作者和亲密助手,脂砚斋所透露出的信息应当是可信度较高的。关于脂砚斋与甲戌本的关系,见邓遂夫校订:《脂砚斋重评石头记(甲戌校本)》,作家出版社 2006 年版。

第一章 导论

曰:"四句乃一部书之总纲。"依照脂砚斋的观点,"梦""鉴""空""情"这几个字眼不仅涵摄了《红楼梦》的全部书名,也揭示了《红楼梦》的旨义和理论基础。这些关键范畴表明《红楼梦》的哲学思想是在中国古代寓言神话以及儒佛道三教理论的基石上形成的。

(1)中国古代梦的寓言神话是《红楼梦》的一个重要的理论基石,而从另一角度看,小说的"梦"的主题也体现出道家道教对它的影响。"梦"的写法和结构能同时杂糅中国文化的许多"套式"和"母题"。首先,小说从梦的神话中开始,体现了远古洪水神话、补天创世、抟土造人在梦的话语系统中的重构①。其次,《红楼梦》梦中有梦、梦的回环的写法受到"庄周梦蝶"的影响,梦中有梦、幻中有幻、梦是梦、醒亦梦的思想是对庄子"梦"的观点的借鉴,这种联系在脂砚斋的批语中多次被明确点出(见甲戌本第一回)。最后,"梦"的主题也反映了《红楼梦》背后的道教的理论基石。关于

---

① 参见梅新林:《红楼梦哲学精神》,华东师范大学出版社 2007 年版,第 12—24 页。

《红楼梦》的道教思想来源,见梅新林的《红楼梦哲学精神》第四章①。

(2)"梦"在小说中以"假语村言"的形式展示了佛教对《红楼梦》的影响。将"梦"和"幻"联系起来进而展现"万境归空"以及"因空见色、由色生情、传情入色、自色悟空"的思想受到佛教般若思想的影响。而《金刚经》的"梦幻泡影"说则深刻地影响了《红楼梦》的章法、修辞,并引发了梦幻情境中的真假的辨释②。英国汉学家霍克思(David Hawkes)认为,"梦"的真假有无,体现了"空""假""中"三谛圆融思想③。除"梦"之外,"鉴"和"空"也体现了佛教哲学在《红楼梦》中的重要地位。同时,《红楼梦》不仅

---

① 见梅新林:《红楼梦哲学精神》,华东师范大学出版社2007年版,第170－268页。

② "Does such emphasis reflect the Buddhist teaching on illusion? The plausibility of this question is certainly heightened by the rhetoric of *Hongloumeng*." Anthony C. Yu, "The Quest of Brother Amor: Buddhist Intimations in *The Story of the Stone*," in *Harvard Journal of Asiatic Studies* (49:1, 1989):82.

③ David Hawkes, "*The Story of the Stone*: Symbolist Novel," in *Renditions* 25 (1986):6－7. 亦见 C. W. Huntington, *The Emptiness of Emptiness: An Introduction to Early Indian Madhyamika* (Honolulu: University of Hawaii Press, 1989), pp. 55－59.

第一章 导论

受到了中国佛教的影响,甚至也受到了印度佛教术语和思想的影响。比如最接近原著原意的甲戌本、庚辰本皆用"好事多魔",而并非己卯、蒙、戚诸本所谓"好事多磨"。曹雪芹用字用词皆有新意而并非随意,"魔"字貌似谬误,实则含有深意。"魔"梵文为"mara",有破坏、扰乱的意思。南朝梁武帝时"魔"以梵文的形式由印度传入中国,"磨"被改为"魔"。甲戌本中不仅多次使用"好事多魔",而且"劫"(kalpa)、"刹那"(ksana)等术语也频繁出现。这表明,印度佛教及其语言在向中国文化的转换和渗透中呈现出了深层次性和广泛性,并对《红楼梦》的哲学思想产生了重要影响。①

(3)《红楼梦》对儒家儒教的思想的吸收是非常明显的。书中既有对宋明理学的理本体的形上架构的借鉴,又有对朱熹哲学之性情论的借鉴,同时张载的"民胞物与"思想也在贾宝玉那里可以看到,这在小说中有

---

① "It is perhaps not easy to appreciate how deeply Buddhist notions and sentiments may have penetrated beyond the surface integuments of a text like *Hongloumeng*." Anthony C. Yu, "The Quest of Brother Amor: Buddhist Intimations in *The Story of the Stone*," in *Harvard Journal of Asiatic Studies* (49: 1, 1989): 57 – 58.

很多的例子，而且前人这方面的论述也很丰富。但是，我们在探讨儒家儒教与《红楼梦》的关系的时候，当时的情思潮①的背景是无论如何都不能忽视的，因为它不仅揭示了《红楼梦》与程朱理学间的关系，也揭示了当时社会思潮与工具化儒教间的矛盾。因此，从一定程度上讲，情思潮是促成《红楼梦》哲学形成的重要外部条件。对这样的时代精神的考察将是深入《红楼梦》哲学研究的重要前提。

曹雪芹生活在雍乾之际，而此时程朱理学作为官方主导思想渗透于百姓人伦物用中。但理学的工具化使儒学本身被异化，"理"的绝对化与权威化使"情"丧失

---

① "情思潮"（the Cult of Qing）这个术语是明清之际反对理学末流工具化倾向的一种形态的界定。而"情"却不能简单等同于英文中"passion""emotion""love""romantic sentiments"等术语。关于"情"范畴的内涵及十六、十七世纪明清文学的特征，见 Martin W. Huang, "Sentiments of Desire: Thoughts on the Cult of Qing in Ming-Qing Literature," in *Chinese Literature: Essays, Articles, Reviews* 20 (1998): 153; Hsiao-peng Lu, *From Historicity to Fictionality*; *The Chinese Poetics of Narrative* (Stanford: Stanford University Press, 1994); Anthony C. Yu, *Rereading the Stone: Desire and the Making of Fiction in The Dream of the Red Chamber* (Princeton: Princeton University Press, 1991). 关于"情"作为"emotion""passion""affection"等术语在西方古典哲学与奥古斯丁传统中的内涵，见 Gao Yuan, *Freedom from Passions in Augustine* (Oxford: Peter Lang, 2017), pp. 19–39.

第一章 导论

了合法性,这与清初以来的市民生活和人欲萌动异趣。"情"的边缘化显现出"理""情"关系的复杂,这成为时代的一个悖题。因此,曹雪芹对这个时代主题的回应,伴随着对工具化程朱理学的反思。理学一方面被工具化而异化,另一方面空疏而高高悬起,"以理杀人"成为一种"势"和"约定俗成"的双重规定,影响着人们的伦理生活。"情"作为感情欲望的满足,正是人潜意识的冲动,形成了解构天理的思潮。这个情思潮以李贽、刘宗周、陈确、颜元、顾炎武、黄宗羲、王夫之、戴震等为代表,他们针对"情"与"性""理""欲""空"等的关系问题有着丰富的论述①。

在《桃花扇》《牡丹亭》《金瓶梅》《肉蒲团》《情史》等一系列的文学作品中,情思潮反映了市民社会和士阶层的文化取向,给《红楼梦》承继这样的思潮打下

---

① 自明中叶至清代中期,小说家和哲学家对于理欲、情理、义利等宋明理学范畴进行了深刻反思。一种肯定"人欲"、批判"天理"的思潮成为市民社会的主流。有代表性的观点如李贽的"童心说"、汤显祖的"至情说"、冯梦龙的"六经皆以情教"、黄宗羲的"复情尽性"、戴震的"情之至于纤微无憾是谓理"等。关于明清之际新理欲观、新情理观、新义利观,见冯达文、郭齐勇主编:《新编中国哲学史》(下),人民出版社2004年版,第187-191页。

了基础。林·白池（Lene Bech）认为这个情思潮影响了明清之际的艺术作品，代表了"隐匿史实"和"彰显情感"的进程。① 同时，情思潮的勃兴与宋明以来的性理之辨也有直接的联系。王夫之说："理自性生，欲以形开，其或冀夫欲尽而理乃孤行，亦似矣。然而天理人欲同形异情。异情者，异以变化之几；同形者，同于形色之实，则非彼所能知也。"②而"情""欲"之间也存在着模糊之分：肉体欲望感情化；浪漫之情感官化③。性理情一如使宋明理学发生了内在转向，情、欲从边缘形态进入核心论题。经世致用的实学从工夫上逐步瓦解宋明理学的教条，而人情小说则在内部伦理与境界上质疑工具化的理学。同时，以小说来表达哲学思想与市民经济和社会生活有相当大的关系。这一时期的天理人欲问题在官方和民间有着不同的解读，《红楼梦》正是在这样的时代问题中展示了真实的社会画卷并回应了中国哲

---

① Lene Bech, "Fiction That Leads to Truth: '*The Story of the Stone*' as Skillful Means," in *Chinese Literature: Essays, Articles, Reviews* 26 (2004): 8-9.

② 《周易外传》卷一。

③ Martin W. Huang, "Sentiments of Desire: Thoughts on the Cult of Qing in Ming-Qing Literature," in *Chinese Literature: Essays, Articles, Reviews* 20 (1998): 161.

第一章 导论

学中长期隐匿的"风骚"传统,这对于进一步研究晚明个性解放思潮、民间自由主义与尚情思想具有重要意义。①

因此,《红楼梦》的哲学思想是在儒佛道三教的理论基石上形成的。而情思潮则影响了《红楼梦》的价值取向和对三教思想的取舍与判断,尤其是在理学以及工具化儒教的批判性借鉴方面。此外,小说中许多章节有关于全真道士与禅僧念诵打醮、超度亡灵以及道众念《洞元经》、做法事的场景描写,这不仅映射了佛道在明清之际世俗化的倾向,也反映了世俗宗教信仰与正统理学思想之间的张力。这样的信仰恰恰体现了民间社会的精神、情感和价值取向。因此,中国古代梦的寓言神话、古代哲学长期隐匿的尚情主义、明清情思潮的萌动、民间世俗化宗教信仰,以及儒佛道三教的冲突和融

---

① 方蔚林(舒也)认为在中国古代存在着一个与儒法、道释相并列的一个"风骚"传统,但一直受到儒家文化的强有力的打击而隐匿不显。这种尚情主义亦在中国古代诗文传统中的"言情说"和"缘情说"等理论中有所体现。参见方蔚林(舒也)著:《中西文化与审美价值诠释》,上海三联书店2008年版,第3-4页。

合等要素是构成《红楼梦》哲学思想的重要理论来源。①

第三节 《红楼梦》的哲学主题和研究进路

近年来对《红楼梦》哲学主题的研究展现了诸多维度:理、欲、情、梦、灵、色、空、性等,并具备各自的研究进路和诠释方法。这些研究呈现了《红楼梦》的

---

① 在本书中,笔者侧重挖掘《红楼梦》与中国哲学儒佛道三教的关联。实际上,《红楼梦》的思想来源较为复杂,比如康熙时期的基督教(天主教)神学也构成曹雪芹构思"青埂之石—贾宝玉(神瑛侍者)—玉"结构的一个参考,且曹雪芹及其家族与天主教传教士有密切的往来。关于《红楼梦》与基督教神学,见 Gao Yuan, "*The Dream of the Red Chamber* and Christian Theology: Seeking a New Philosophy of Love from the Christian Perspective," in *Dialog*: *A Journal of Theology* (57: 1, 2018): 66 – 70; Nicolas Standaert (ed.), *Handbook of Christianity in China* (Leiden: Brill, 2001): 845 – 846.

核心范畴及其有关主旨问题的争论。一些学者如梅新林等围绕"梦"的范畴提出《红楼梦》的本然结构源于远古神话原型，然后演绎出思凡、悟道、游仙三重模式，最终走向道家生命哲学的过程。① 也有学者如余国藩、刘再复、梁归智等从"色空"范畴来看《红楼梦》的宗教信仰和形上世界，认为佛教的"色空"是这部小说的哲学基础，同时还要关注"欲""情""灵"，从整体上把握《红楼梦》哲学。② 另外，亦有王国维从"欲"的角度③以及爱德华（Louise P. Edwards）从"性"的角度④分别诠释《红楼梦》的哲学主旨。

---

① 参见梅新林：《红楼梦哲学精神》，华东师范大学出版社2007年版。

② 参见 Anthony C. Yu, *Rereading the Stone: Desire and the Making Fiction in The Dream of the Red Chamber* (Princeton, NJ: Princeton University Press, 1997); Liu Zaifu, *Reflections on The Dream of the Red Chamber*, transl. Shu Yunzhong (New York: Cambria Press, 2008); 梁归智：《禅在红楼第几层》，中国人民大学出版社2007年版。

③ 王国维引叔本华《意志及观念之世界》（第四编）云："人之意志于男女之欲，其发现也为最著，故完全之贞操，乃拒绝意志即解脱之第一步也。大自然中之法则，固自最确实者，使人人而行此格言，则人类之灭绝，自可立而待。"王国维：《红楼梦评论》，见郭皓政主编《红学档案》，武汉大学出版社2007年版，第50页。

④ 爱德华（Edwards）认为绛珠草脱去木质，化身"有情"，是因为太虚幻境的"弃石"施舍甘露。这种"情"是基于"性"之旨趣的。见 Louise P. Edwards, *Men & Women in Qing China: Gender in the Red Chamber Dream* (Honolulu: University of Hawaii Press, 2001). 亦参考 Chuang Hsincheng, *Comparative Thematic of "The Dream of the Red Chamber"* (Indiana: Indiana University Ph. D. dissertation, 1966).

在对《红楼梦》哲学主旨和核心范畴的争论中,持"空"与持"情"的观点最为激烈。持"空"的学者多从"因空见色"的十六字谶出发,认为这是曹雪芹的主题宣言和哲学宣言,刘再复正是基于此而提出欲向度、情向度、灵向度、空向度的①;持"情"的学者反对"色空"说,如周汝昌认为:"如果空空道人真是由'空'到'空',那他为何又特改名为'情'僧……一部《红楼梦》,正是借'空'为名,遣'情'是实。什么'色空观念',岂非'痴人说梦'。"②周汝昌先生的这种观点更加倾向于脂批以及以往旧评点派的传统解释。如甲戌本第五回脂批所言:"菩萨天尊,皆因僧道而有,以点俗人;独不许幻造太虚幻境,以警情者乎?"清人方玉润在"情"的基础上说:"《红楼梦》一书……大旨亦黄粱梦之义,特拈出一情字作主,遂别开一情色世

---

① 刘再复、刘剑梅:《共悟红楼》(红楼四书),生活·读书·新知三联书店2009年版。
② 周汝昌:《献芹集》,山西人民出版社1985年版,第194页。亦见 Zhou Ruchang, *Between Noble and Humble: Cao xueqin and The Dream of the Red Chamber*, ed. Ronald R. Gray and Mark. S. Ferrara, transl. Liangmei Bao and Kyongsook Park(New York: Peter Lang, 2009)。

第一章 导论

界……盖人生为一情字所缠,即涉无数幻境也。"①

虽然自《红楼梦》问世以来,其主旨就已经成为最难解决的问题之一,但如果结合《红楼梦》写作的理论基础和时代背景来看,更多的研究倾向于多元、立体的观点。复合多重主题说逐渐替代单一主题说成为主流。本书结合这些理论认为,《红楼梦》的主旨是"一体多面"的,虽然各种主题说站在不同的角度而纷争不休,但从曹雪芹的创作动机以及小说创作形式来看,"一体多面"说似乎更加合理。本书从创作和解读的双重角度认为,"一体"是曹雪芹为保持小说中心思想的明确而必须要坚持的创作原则;"多面"则是《红楼梦》阅者在阅读小说时由于背景、理解等多方要素的不同而产生的多重视阈。因此,围绕情境界的嬗变形式以及"情"

---

① 〔清〕方玉润:《星烈日记》,见一粟编《红楼梦资料汇编》(下册),中华书局1964年版,第375页。将《红楼梦》视为"抒情小说"的海外研究也大量存在,如 Yu-kung Kao, "Lyric Vision in Chinese Narrative: A Reading of *Hungloumeng* and *Ju-lin Wai-shi*," in *Chinese Narrative: Critical and Theorical Essays*, ed. Andrew Plaks (Princeton: Princeton University Press, 1977), pp. 227 – 243; Wong Kam-ming, "Point of View, Norms, and Structure: *Hongloumeng* and Lyrical Fiction," in *Chinese Narrative: Critical and Theorical Essays*, ed. Andrew Plaks (Princeton: Princeton University Press, 1977), pp. 203 – 220.

如何作为《红楼梦》核心范畴而融摄"空""理""梦"等概念这一核心问题,本书将从以下几种线索展开研究。

一、从对立范畴背反线索中研究"情"的精神境界

真假、好了、有无、色空、情理等范畴辩证形式是《红楼梦》表达主题的一个重要形式。这样的辩证范畴是以"假语村言"的形式来进行表达的,从而在背反中呈现一种超越的视角。但这种超越并非是一种调和。如余英时在其《红楼梦的两个世界》中认为曹雪芹创造了两个对比鲜明的世界,"理想世界"与"现实世界"中的真与浊、情与理、真与假、风月宝鉴之正面与反面等对立范畴是贯穿全书的一条最主要的线索。① 另有观点认为,石头的"沉迷"是一种"被抛入另一个许诺情欲与精神满足的世界的进程",而"觉醒"是一种"意识

---

① 参见余英时:《红楼梦的两个世界》,上海社会科学出版社2006年版,第3页。

到迷幻仅仅是迷幻,最终摆脱不了幻灭的有限性持续",两者的张力充斥着"反讽"的意旨①。这种双重的、矛盾的形态在多维或其中一维的视角中出现,所以《红楼梦》的章法运思时时不离背反和矛盾,并以超越的精神为旨归。这样多层次的超越构成了《红楼梦》"反逆隐回"(第二回回前墨)的笔法和"情"境界的不断提升。本书将基于这些对立范畴的语境展开《红楼梦》的哲学研究。

二、形下间贾宝玉"情"境界的横向递进的线索

在大观园禅机诗谶、歌赋灯谜的警醒以及僧道仙

---

① Wai-Yee Li, *Enchantment and Disenchantment: Love and Illusion in Chinese Literature* (Princeton: Princeton University Press, 1993), p. xii + 294. 此外,她还用这样背反和"反讽"的眼光来看《红楼梦》语言表达上的矛盾、人物性格的冲突(在场与不在场)、贾宝玉与曹雪芹的不同,认为后四十回强调圆满、和谐和平衡,又回到了中国传统小说的秩序和模式中,违背了小说前几十回的"反讽"的意旨。同时,浦安迪(Andrew H. Plaks)指出这种"对偶适变"的"对称""相对""反对""对立"形式体现出中国文化两极(如阴阳、刚柔)的逻辑,并形成"两极背反的网状模型",这也是解开《红楼梦》思想密码的重要途径。见 Andrew H. Plaks, "Where the Lines Meet: Parallelism in Chinese and Western Literatures," in *Poetics Today* (11: 3, 1990): 542–543.

姑、宝黛可卿等的提携下，贾宝玉经历了各种维度的"情"境，并在"情"的正价值转向"情毒"的负价值中曲折实现精神救赎①。"痴情""人情""情不情"向"情情"横向递进的过程中，显现了儒佛道三教在小说中的冲突和融合。虽然"情不情"具有"情被草木"的精神意蕴以及泛爱、博爱、泛情的倾向，但是"泛情""意淫"推而广之、进而深之就会陷入"空"，展现贾宝玉"空情相摄"的禅修与道境。"在家"和"出家"是道教、佛教中的重要问题，也说明儒佛道的伦理价值在小说中既冲突又融合的背景②。这种演进的形式之所以是"横向"的，是因为这种结构的一维性，即形下世间中通过世事人情的磨炼，在诗社歌赋和意淫而空的悖论中顿入"情情"境界的单向度。

"情"境界的横向递进的线索展现出儒佛道的冲突

---

① 关于贾宝玉"情"的精神境界及其"情毒"的特质，见高源：《论〈红楼梦〉哲学思想中"情"的精神境界》，载《辽宁师范大学学报（社会科学版）》，2008年第5期，第90－91页。
② Anthony C. Yu, "The Quest of Brother Amor: Buddhist Intimations in *The story of The Stone*," in *Harvard Journal of Asiatic Studies* (49: 1, 1989): 60–63.

第一章 导论

体现在以下两个方面：①儒家之血缘宗法与佛道警醒下贾宝玉的出家呈现出文本主题上的张力。②儒家之仕途经济与禅、道之任心逍遥在贾宝玉身上体现出背反的情形①。单就三教其中一教而言，《红楼梦》里也呈现出复杂的情况：①贾宝玉对儒家之"礼""忠""信""义"的重视与对道德文章、迂腐愚忠的厌恶。②对老庄哲学的推崇和对道教炼丹术的质疑。③对佛教因果报应的称叹和对谶命的抗争。这些看似冲突的理论或倾向恰恰体现出《红楼梦》对话三教的艺术。同时，"一击两鸣，两山对峙"（第一回甲戌本眉批）的写作手法展现出"正对""反对""遥对"等结构，《红楼梦》为这种背反提供了范式并从中揭示其哲学思想，把复杂的人物形象引入平衡的关联和更广阔的解释空间中。面对儒佛道三教在形上旨归、伦理取向、现实关怀等层面的冲突，《红楼梦》如何处理这些冲突以融构出自己的"情"境界，是本研究所要解决的重要问题（见本书第二章）。

---

① 儒家强调三不朽：立功、立德、立言，而老庄强调无功、无己、无名、无用。贾宝玉在这两种价值取向中进行痛苦的选择。见 Eva Wong, *A Daoist Guide to Practical Living*, transl. Lieh-Tzu（Boston：Shambhala, 1995），p. 189.

三、"石-玉-石"结构上"情"的纵向复归的线索

从"石-玉-石"的圆圈结构来看隐藏其中的"情"境界的提升是另一种研究线索。《石头记》"炼情补天"的主题直契中国哲学之"道-器"思维,在形下和形上的双重维度上呈现出"理""情"的冲突和圆融。将"情"提高至形上的高度为人性根据和世俗价值重新确立了根基。"炼情补天"和"石-玉-石"小说结构是曹雪芹试图在宋明理学的理本体思维模式基础上的一种创新。具体而言,《红楼梦》将情分为青埂峰上、太虚幻境和大观园中三种情场。情石自女娲神话而来,本无灵性可言,而形状粗蠢、无材补天,处于混沌玄冥的状态;及其"落堕情根"、灵性稍通,则有了思凡之念,"已发"之情随"风月情债"一道落入红尘,历情之种种而"以情悟道";后复本还虚,以"情情"的境界重新回到玄冥,劫终之日、解脱轮回。这个生命醒悟和境界嬗变之历程,呈现出"情情"在三种情场中的体用一源的状态:"情情"既是青埂峰上的玄冥之境,也

是尘世间诗情画意的生存理想。由理谶债命、无材补天之"形上之理",经落堕情根之"理情分立"之途而入炼情补天的"以情融理"的嬗变是"情"体用一源、还债解脱的展现(见本书第三章)。

因此,在明清之际情思潮涌动的时代背景下,《红楼梦》挺立出"情情"范畴,"情"的地位的提高及内涵的丰富是小说在融合三教"情"论的基础上形成"情"的哲学体系的一种尝试性途径。同时,即体即用、明体达用、体用不一不二是宋明理学以来在体用关系上的总体观点,《红楼梦》如何借鉴宋明理学即体即用的"道-器"思维方式而创造性地提出"情情"本体,并展现"情"精神境界嬗变和体征工夫的统一则是一个耐人寻味的问题(见本书第三章第一节)。

四、"情情"在庄禅思想基础上与"梦"范畴沟通的线索

无论是"痴情－人情－情不情－情情"的横向嬗变,还是炼情补天后"情"的复归,都显现出"情情"

的澄明与诗意之境。"情情"范畴是《红楼梦》在综合儒佛道一些术语后的创造,其本然地集本体、境界、工夫于一体并呈现出一种宇宙视阈。而对"情情"范畴的分析亦可剥落出"情"境界嬗变的阶段。"情情"范畴具有多重意蕴。除却"以情示情、以情观情"和集"声喻"与"浑沌"于一体的押韵复合词的具象外,"情情"范畴的根本内涵是"情"否定之否定之逻辑回环中所呈现的三种情场,即玄妙混冥之境的浑沌之情、大观园中理想生活的诗意之情、复还梦境后的无情之情(见本书第四章)。① 具体言之,三种情场各有深意。

第一,"情情"所隐喻的浑沌状态,是一种隐藏着和谐的自然和善的无秩序,而无秩序却是一切秩序的总和。这既是道家"葫芦"(糊涂)的表达,也是小说诗意境界的体现。从"道-器"角度来看,这种"情情"是形上域中之本体,具有自我消解和玄冥虚无的特点。

---

① 关于"梦"与"情"的主题,亦见 Jeannie Jin Sheng Yi, "Dream Sequence as the Narrative Framework", in *The Dream of the Red Chamber: An Allegory of Love* (New Jersey: Homa & Sekey Books, 2004), 13–45.

第一章 导论

第二,"情情"在现实性上既是贾宝玉"情不情"欲要通达的禅境,即"无立足境是方干净"(二十二回),亦是形下大观园中呈现的"情情"本体在杂染世间的理想情境,是向"真我""本我"的回归。这是"情情"剥落出的大观园中理想生活的诗意境界。

第三,"情情"之复还梦境的"无情之情"。"情-情"从词源上说具有回环往复、自我解构的特点,即"情不情"到"情情"境界而止,没有"情情情……"的无限循环。自我消融的超越性既体现在形下间"情"境界的横向顿悟工夫上,也体现在石头复还本质后至"空空""茫茫""渺渺"时"无情之情"的梦境上。

综合以上几种线索,本书将紧扣儒佛道三教视阈下"情"的对话结构这一核心主题,从情与空、情与理、情与梦三个维度展开论述,以阐明《红楼梦》"情空相即""以情融理""情梦相摄"的理论主旨和哲学精神。这构成本书基本的研究进路。

第四节　本书的研究纲要

如前所述，本书的核心命题是《红楼梦》如何将儒佛道三教的重要范畴化入小说论域并产生"情"的对话结构，以"以情悟道"的方式展现"到头一梦""万境归空"的主题思想。基于"情－空""情－理""情－梦"的三重对话结构，本书将从"情"境界的横向嬗变与"石－玉－石"结构表象下"情"的纵向复归这两个层面来分析"礼""空""理""梦"等范畴与"情"的关联，认为《红楼梦》最终呈现了"情空相即""以情融理""情梦相摄"的"情情"境界和视阈。

所谓横向嬗变，是说"情"在大观园这种一维世界中通过金陵十二钗之悲剧在贾宝玉眼中的呈现以及贾宝玉自身境界的提升表现为"痴情－人情－情不情－情情"的历程，这个过程展现了"情"与"礼""空"等范畴之间的逻辑关系和对话结构，最后在"空"的角度下说明"情"作为一种"幻"而展现的非有非无、自我破除的"情情"境界。所谓纵向复归，是说"情"在"石－玉－石"的文本结构上呈现出的三种情场的纵向变换，即青埂峰上玄冥之境的浑沌之情、大观园中理想生活的诗意之情、复还本质后的无情之情，这个过程突出了"理"与"情"的对话结构，最后呈现了"情情"在"自然""虚无""复归"特性上与"理"相沟通的可能性。因此，"情情"成为以上这两种结构的核心范畴之一。依照这样的逻辑思路，本研究的纲要阐述如下：

第二章，从横向结构来看，《红楼梦》以"痴情－人情－情不情－情情"的境界嬗变凸显了"情"与"空"的对话结构，其中包含了四个小的层层递进的对话结构，依次是：①"痴情"在"至真"和"执真"

的双向意义上呈现情的正价值，即在追寻自然至真的状态（实情、真情）上转向对尘世事物的执着，进而引发真假之辨，形成"真"与"假"的对话结构；②"人情"是"痴情"的进一步拓展，是在自然之情的基础上打破堕落人际关系的一种反礼教的思想，在"礼"与"情"的对话结构中努力追寻原始儒家"仁"与真情基础上的"礼"；③"情不情"再进一步讨论对幻情幻境执着的问题，并在"空"与"情"的对话结构中呈现"无可云证是立足境"，即在破执的同时保留了"情"的主观立足境；④"情情"进一步打破了"情"的立足境，展现了双遣的特征，构成了"情情"与"空空""重玄"的对话结构，从而以"无立足境是方干净"的禅悟呈现以空捨空和"无我-无牵挂-无碍"（二十二回）的解脱精神。

第三章，从纵向结构来看，《红楼梦》借用多重意象（如青埂峰与大观园、苍天与红尘、太虚幻境和大观园等）来隐喻形上和形下的区分，并试图用女娲神话的设定以及炼情补天等形式来弥补理之"天"的形上架构。把情放入形上来观照是小说论域下对理学本体论的

第一章 导论

反思。此时,随着情在形上形下的流动循环,就展现出"情"与"理"的对话结构:理之形上域中情的萌动;情债进入形下场中理情之冲突;复还本质后以情融理之"情情"境界。

第四章,围绕《红楼梦》"情"境界的高级阶段"情情",来探讨其与庄禅对话中所展现的"情"与"梦"的对话结构。"情情"不仅以"空空""茫茫""渺渺"的形式表现了境界嬗变中的形上域,也以自我消融的精神试图沟通形上玄冥与形下诗情,并在综合纵横两方面的嬗变形式上形成了"情情"的和合之境:澄明与诗意。这种宇宙境界以荒唐意识和诗赋谶谜的形式分别体现了"情情"在"浑沌""无无""无用""无情"上的道家旨意以及无我随缘上的佛教解脱精神,并在"到头一梦""万境归空""修成圆觉"等层面实现与"梦"的沟通。

因此,《红楼梦》以"以情悟道"的形式形成了"情-空""情-理""情-梦"的三重对话结构。而"情情"作为这三种结构的枢纽又是我们研究的关键范畴，因为它呈现了形上域的清净玄冥、超越悲喜、不断消解的自由澄明之境和形下场中的诗意的生存理想。这两者的境域在《红楼梦》中又时常以"梦"的形式实现交融，形成形上之思（澄明之境）与形下之诗（诗意生存理想）的通达。

　　综合以上章节的研究进路，本书从术语、命题、预设、语境、原文结构的系统逻辑展开分析，从而透射出《红楼梦》（作为"悟书"）的内在哲学骨架、逻辑原则及精神意蕴。本书首先考察儒佛道重要范畴在进入小说论域时所发生的变化以及三教理论在小说语境中的冲突和融合。其次透视出《红楼梦》以"情"为本体的哲学架构及其与儒佛道三教理论的思想关联。最后对《红楼梦》尚情主义的哲学思想进行归纳和总结。值得关注的是，《红楼梦》哲学的研究也是国际汉学的一个重要分支，其深深根植于20世纪东学西渐的历史进程并与

第一章 导论

明清文学典籍在欧美世界的译介与传播密不可分①。特别是在当前新形势下,强调红学的哲学与宗教学向度的研究对推动国际汉学在欧美世界的传播和促进中西哲学

---

① 在东学西渐中,深具影响力的经典翻译著作包括[德]Franz Kuhn, *Der Traum der roten Kammer*(Leipzig: Insel Verlag, 1948);[英]David Hawkes and John Minford, *The Story of the Stone: A Chinese Novel in Five Volumes*(London, New York: Penguin Books, 1973—1986);[中]Yang Xianyi and Gladys Yang, *A Dream of Red Mansions*(Beijing: Foreign Language Press, 1978)等。最近亦有新的欧译本被发现,如[芬兰]Jorma Partanen, *Punaisen huoneen uni: vanha kiinalainen romaani*(Turku. Jyväskylä: K. J. Gummerus Osakeyhtiö, 1957);[匈牙利]Cao Hszüe-csin, Kao O: *A vörös szoba álma: regény*(Budapest: Kriterion Könyvkiadó, 1959);[荷兰]Ts'au Sjue Tsj'in: *De Droom in de Roode Kamer*(Den Haag: J. Philip. Kruseman, 1946)等。同时,一些较早介绍红学的欧洲报刊文献也值得关注,如[瑞士]Hermann Hesse. "Romane: Der Traum der roten Kammer", in *Neue Zürcher Zeitung*, 14. Dezember 1932;[德]Ottomar Enking, "Der Traum der roten Kammer", *Deutsche Alllgemeine Zeitung*, 28. Dezember 1932;[奥地利]E. von Zach, "Zur Sinologischen Literatur: Der Traum der roten Kammer", in *Deutsche Wacht*, 19(1933): 29–30;[匈牙利]Anonym. "Der Traum der roten Kammer", in *Pester Lloyd*(Abendblatt), 7 January 1933等。这些新发现的稀有文献很大程度上拓展了人们对《红楼梦》西文译本的理解,对当前的欧美红学研究具有非常宝贵的意义。关于红学在芬兰暨北欧斯堪的纳维亚世界的译介和传播,参见笔者论文高源:《芬兰文〈红楼梦〉的发现与研究》,载《上海交通大学学报》(哲学社会科学版), 2019年第1期,第115–125页;高源:《〈红楼梦〉在北欧之译介源流考》,载《湖南大学学报》(社会科学版), 2019年第3期,第100–107页。

深层次的对话,具有重要的现实意义①。

本研究采用系统哲学分析的研究方法,即在广泛搜集海内外红学的研究成果特别是在《红楼梦》哲学主题、情思潮、儒佛道三教关系、旧评点派、新红学等相关研究文献的基础上,分析《红楼梦》哲学的命题和逻辑结构。从儒佛道三教关系的角度出发,来探索"情"

---

① 当前,一些重要的欧美红学研究著作值得关注,比如[德]Wolfgang Kubin (Hrsg.), *Hongloumeng: Studien zum Traum der roten Kammer* (Bern: Peter Lang, 1999);[德] Vanessa Groß, *Der Übersetzer als Schöpfer: Vier Versionen des chinesischen Romanklassikers Der Traum der roten Kammer/Die Geschichte vom Stein* (Berlin: Regiospectra Verlag, 2011);[德] Hatto Kuhn, *Dr. Franz Kuhn (1884—1961): Lebensbeschreibung und Bibliographie seiner Werke* (Wiesbaden: Franz Steiner Verlag, 1980);[德] Franz K. Stanzel, *Typische Formen des Romans* (Göttingen: Vandenhoeck & Ruprecht, 1965);[挪威] Halvor Eifring, "The *Hongloumeng* and its Sequels: Paths towards and away from Modernity", in *Toward Modernity*, ed. Olga Lomová (Prague: Karolinum Press, 2008), 171 – 192;[中] Chang Peng, *Modernisierung und Europäisierung der klassischen chinesischen Prosadichtung: Untersuchungen zum Übersetzungswerk von Franz Kuhn (1884—1961)* (Frankfurt am Main: Peter Lang, 1991);[中] Chen Chuan, *Die chinesische schöne Literatur im deutschen Schrifttum* (Inauguraldissertation der Universität Kiel, 1933)等。此外,一些中文著作也提供了有意义的参考,比如[法]郑碧贤:《红楼梦在法兰西的命运》,新星出版社2005年版;孙玉明:《日本红学史稿》,北京图书馆出版社2006年版;王金波:《弗朗茨·库恩及其〈红楼梦〉德文译本》:上海外国语大学2006年博士学位论文;[法]李治华著、蒋力编:《里昂译事》,商务印书馆2005年版;王薇:《〈红楼梦〉德文译本与研究兼及德国的〈红楼梦〉与研究现状》,山东大学2006年博士论文。

境界嬗变的双重线索，并在各级对立范畴及其境界的演进中研究儒佛道三教术语对《红楼梦》哲学的影响以及三教视阈在小说中的冲突和融合。最后以"情情"范畴为核心来分析其中所蕴之庄禅思想和梦的旨归，进而展现儒佛道三教互动视阈下《红楼梦》情哲学的内在结构和精神意蕴。

第二章
以情悟道：情与空对话结构中情境界的横向嬗变

背反命题和对立范畴是《红楼梦》表达主题的一个重要形式。这样的背反和对比也是以"假语村言"的形式来表达精神境界的超越和嬗变。从"痴情""人情""情不情"至"情情"境界的嬗变历程中分别渗透着儒佛道三教的思想并形成自身的致思：①"痴情"境界在"至真"和"执真"的双向意义上呈现情的正价值。借大观园女儿和贾宝玉对世间法真假的执迷，《红楼梦》从反面展现了"假作真时真亦假"以及"幻中不幻、情中生情"的"梦幻情缘"（第四回）的思想，反映出佛教般若性空思想对小说的影响。②"人情"境界是儒家"仁"思想的现实情结，是"痴情"境界的深化和扩大化。同时也在深层次上反映了礼教扭曲基础上的"人情"与"痴情"自然本真意义上的"人情"之间的矛盾。③"情不情"作为贾宝玉的判词兼具"意淫"和"情毒"的特性。基于"正邪两赋"的独特人性观，贾宝玉在"情"（泛爱）与"不情"（情毒）的背反中反映出三教价值观在小说中的冲突和融合。④"情情"在"空空""无无"上显现出玄静澄明的精神境界，从而在一种自我超越的视角上展现"情"与"空"的对话结构。本章将基于以上四个层面来论述"情－空"对话中的精神境界及其哲学意蕴。

第二章 以情悟道：情与空对话结构中情境界的横向嬗变

第一节 痴情境界：真与假

"痴情"是大观园女性的普遍特征，而太虚幻境也设有"痴情司"。甲戌本脂批在第八回写贾宝玉"情不情"时诠释说："凡世间之无知无识，彼俱有一痴情去体贴。"此情虽有形有信，然"能借人生本身蕴含的大机大势而出意境和情境"①。究其内涵，"痴情"有"至真"和"执真"两方面的意思：一方面，"痴情"是

---

① 张祥龙：《海德格尔思想与中国天道——终极视域的开启与交融》，生活·读书·新知三联书店1996年版，第338页。关于"痴情－人情－情不情－情情"嬗变形式的研究，见高源：《论〈红楼梦〉哲学思想中"情"的精神境界》，载《辽宁师范大学学报（社会科学版）》，2008年第5期，第89－92页。

"情"的最原本天然的至真状态。"痴情"取爱情、亲情、友情之"真""信""诚"而呈现善的一面,非感情之义。"至真"是实情、真心、真情,与"伪"字相对,两者非此即彼。故"痴情"是对先秦儒家情论之"实情"义以及庄子至真本性的回归。① 另一方面,"痴情"是对世间假、幻的一种情感执着,即使有太虚幻境"假作真时真亦假"的警醒,"痴情"依然保持对幻情幻相的留恋,这也是"痴情"天然至真特性的延续。从这一点上看,"痴情"只是情境界的初级阶段。我们首先考察"痴情"境界的特征。

---

① 葛瑞汉(A. C. Graham)认为先秦之"情"没有感情(passion)之义,而是真实(genuine)、本性(defining essence of man)之义。见 A. C. Graham, "Appendix: The Meaning of ch'ing," in *Studies in Chinese Philosophy and Philosophical Literature* (Albany: State University of New York Press, 1986), pp. 59 - 66. 但查·汉森(Chad Hansen)不同意葛瑞汉所持的情"本性主义"(essentialist)论,也就是说,"情"是"真实"而非"本性",性情有别。见 Chad Hansen, "Qing (Emotion) in Pre-Buddhist Chinese Thought," in *Emotion in Asian Thought: A Dialogue in Comparative Philosophy*, ed. Joel Marks and Roger T. Ames (Albany: State University of New York Press, 1995), pp. 181 - 210.

第二章 以情悟道：情与空对话结构中情境界的横向嬗变

一、"痴情"境界的至真性

《红楼梦》所描绘的"痴情"思想具有至真的特性。将"情"理解为一种至真和实情首先是对先秦尚情传统中"情"界定的回归。比如，《尚书》《诗经》等把"情"解释为实情，《管子》《论语》《左传》《国语》等则将其解释为一种真诚和信实。这些解释展现了先秦时期"情"的最初含义①。而后的郭店竹简也展示了大量"情"的例子。以郭店竹简为背景来研究心、性、情的关系可以看出秦汉以后失传的许多观念。同时，由天、性、情、心内涵的界定和理论架构也可看出思孟学派的理论倾向与宋明理学之异同。仅从《性自命出》来看先秦之"情"，至少呈现这些特征：①"情生于性。"②性情

---

① 如"子之汤兮，宛丘之上兮，洵有情兮，而无望兮"（《诗·陈风·宛丘》）；"与人交，多诈伪无情实"（《管子·形势解第六十四》）；"小大之狱，虽不能察，必以情"（《左传·庄公十年》）；"上好信，则民莫敢不用情"（《论语·子路第十》）等，其中也体现出春秋时"情"又有了真诚、本真的含义。参见何善蒙著：《魏晋情论》，光明日报出版社2007年版，第17页。

② 《性自命出·有性》（第二章）："性自命出，命自天降。道始于情，情生于性。"可见"情"已是"性"的发动，而"道"的过程亦自这个发动开始。

不同。②"喜怒哀悲之气,性也。"①把情看作"气",也是"性"的体现。③"道始于情,情生于性。始者近情,终者近义。知情[者能]出之,知义者能入之。"②情最接近于性,情的发动即是道的开始。④"凡性为主,物取之也。"③情为由心遇物时从性中引发出来。故心动而情生。⑤"凡至乐必悲,哭亦悲,皆至其情也"④,"凡人情为可悦也。苟以其情,虽过不恶。不以[其]情,虽难不贵。未言而信,有美情者也"⑤。《性自命出·求心》也说:"凡人情为可悦也。苟以其情,虽过不恶。不以其情,虽难不贵。苟有其情,虽未之为,斯人信之矣。未言而信,有美情者也。"⑥我们看到,情在这些语境中为实情、真诚(事物之实、人心之实、

---

① 把喜怒哀乐之情看作"气"是较为独特的思想,郭沂认为这里如《左传》"民有好恶喜怒哀乐,生于六气"一样,把情分为内、外或未发、已发两个状态,而内、未发者为"气"。见郭沂著:《郭店竹简与先秦学术思想》,上海教育出版社2001年版,第231页。

② 《性自命出·有性》(第二章)。

③ 《性自命出·有性》(第二篇第一章)。

④ 《性自命出·有性》(第四篇第一章论情)。

⑤ 李零:《上博楚简校读记(之三):〈性情〉》,载袁行霈主编《国学研究》(第9卷),北京大学出版社2002年版,第35-45页。

⑥ 《性自命出·求心》(第七章)。《性自命出》共六十七支简,以第三十五简的钩号为界分上下两部。下部《求心》第七章之"情"为实情、真情之义,与"伪"相对,故有"信,情之方也;情出于性"之论。

第二章　以情悟道：情与空对话结构中情境界的横向嬗变

情感之实）之义，而非感情之义。且孔子之"孝悌"与"仁"、孟子之"四端"等思想也都以此为基础①。因此，《红楼梦》所展示的"痴情"概念首先是对先秦之情论的回归，特别是在展示情作为至真本性意义方面。

其次，"痴情"的至真特性也反映了《红楼梦》对情思潮中诸多哲学家如李贽、王夫之、黄宗羲等至情思想的借鉴。比如，《红楼梦》反对"假文"以及"道德文章"，指出"市井俗人喜看理治之书者甚少，爱适趣闲文者特多"（第一回）。曹雪芹此处与李贽"《六经》《语》《孟》，乃道学之口实，假人之渊薮也，断断乎其不可以语于童心之言明矣"②的观点一致。《红楼梦》的痴情思想是针对"假情、假言、假人"的社会现实而

---

① 这些情的特征亦在孟、荀处得到体现。如《孟子·告子上》的"乃若其情，则可以为善矣"，荀子的"性之好、恶、喜、怒、哀、乐之情"，均体现情为性之显露，为人之本真之表达。葛瑞汉（A. C. Graham）即持此说，见 A. C. Graham, "The Background of the Mencian Theory of Human Nature," in *Studies in Chinese Philosophy and Philosophical Literature*（Albany: State University of New York Press, 1986）, p. 59. 另一种观点认为，《荀子》中已有作为情感含义的存在，见李天虹：《郭店竹简〈性自命出〉研究》，湖北教育出版社 2003 年版，第 33—50 页。本书倾向于葛说。

② 《焚书·童心说》，见洪修平主编：《儒佛道哲学名著选编》，南京大学出版社 2006 年版，第 239—240 页。

提出的,亦即在"假情"的基础上挺立出真情来。如甲戌本第一回脂批说:"世上原宜假,不宜真也,谚云:'一日卖了三千假,三日卖不出一个真。'"此处又与李贽的"以假言与假人言,则假人喜。以假事与假人道,则假人喜;以假文与假人谈,则假人喜。无所不假,则无所不在。满场是假,矮人何辩也"①的观点相呼应。这为研究《红楼梦》与明清情思潮关系提供了一条重要线索。

另外,"痴情"思想也与道家"真性"和"自然本性"相通。马丁·黄(Martin Huang)和周祖炎(Zuyan Zhou)认为,晚明之情思潮对"情"的辩护正视了"真"观念(the genuine, or authentic)的价值②,而《红楼梦》对"真"与"情"的探讨正是回归到了新道家(the Neo-Daoism)的高度。"痴情"与"虚情""假情""诈情""瞒情"相对。"绝假纯真"与道家追求真人真性都强调了自然本性的流露。但是《红楼梦》却更

---

① 《焚书·童心说》,见洪修平主编:《儒佛道哲学名著选编》,南京大学出版社2006年版,第239-240页。
② Zuyan Zhou, "Chaos and the Gourd in *The Dream of the Red Chamber*," in *T'oung Pao*, Second Series (87:4, 2001): 266.

第二章 以情悟道：情与空对话结构中情境界的横向嬗变

加明确地指出"痴情"的悲伤情调正是基于满场皆假的社会现实而呈现的（见第一回）。因此，"痴情"的悲情性也是挺立自身境界的一种方式。即"痴情"因悲情而挺立境界，并展现三个特点：真、悲、执。①

二、"痴情"境界的执真性

"痴情"的执真（即对世间幻情幻境的执着）是其"至真"本性的拓展，红楼人物以假为真以及对梦幻泡影的执迷是导致其最终陷入悲情的重要原因。《红楼梦》恰恰是借用了对"痴情"的执着性的破除，来展现自己"假作真时真亦假"的真假观，这也明显受到佛教般若思想的影响。余国藩认为佛教对现实的确认在《红楼梦》中更以"痴人说梦"的形式在反面增强和深化了读者的现实感，也即是说"痴"是对现实的执着和承认，并基于对"梦"观念的不断强化。②

---

① 关于"真假之辨"，见 Jeannie Jin Sheng Yi, "The Co-existence of Dream and Reality", in *The Dream of the Red Chamber: An Allegory of Love* (New Jersey: Homa & Sekey Books, 2004), 46–75.

② "To perceive only that affirmation is to miss a more profound aspect of Cao xueqin's art, namely, how the author has succeeded in turning the concept of world and life as dream into a subtle but powerful theory of fiction that he uses constantly to confound his reader's sense of reality." Anthony C. Yu, "The Quest of Brother Amor: Buddhist Intimations in *The Story of the Stone*," in *Harvard Journal of Asiatic Studies* (49: 1, 1989): 84.

第一,"痴情"之所以是情境界的初阶,就在于其执假为真、梦幻颠倒。第十二回《王熙凤毒设相思局,贾天祥正照风月鉴》中贾瑞执迷于王熙凤,甚至到了"合上眼还只梦魂颠倒,满口乱说胡话,惊怖异常"的境地。这种心切源于对"痴情"的执着,却陷入爱、恨、羞、愤、不舍、难忘的颠倒梦想中。《楞严经宝镜疏》卷八云:"实是本来元具真如佛性清净妙心,无诸杂染者也。因彼一念迷失真性,遂成妄见。因有妄见,故有妄习,所以七趣由是而生。盖妄见即无明现行,妄习即杂染种子,由无明种习为因,故有虚妄情想之果。"①世间爱恨情仇多陷入这种对"痴情"执着的烦恼中,也就是出世间法之"至真"在杂染世间不能存在的一种叹息表达,所以"痴情"本身才能称得上是一种境界。

第二,《红楼梦》通过对红楼人物"痴情"特性的塑造,点明了"以幻作真,以真作幻"(第二十五回脂

---

① 〔清〕溥畹述:《楞严经宝镜疏》,见《续藏经》(第16册)。Gao Yuan, "*The Dream of the Red Chamber* and Christian Theology: Seeking a New Philosophy of Love from the Christian Perspective", in *Dialog: A Journal of Theology*, (57: 1, 2018): 66-70.

第二章 以情悟道：情与空对话结构中情境界的横向嬗变

批）、"真即是假，假即是真"（一百零三回）的主旨并表达了对佛教诸法实相问题的思考。《红楼梦》认为，实相并非超离诸法之外，而是诸法当体即是实相。"何非幻，何非情？情即是幻，幻即是情"（戚序本十三回）。甄（真）贾（假）不离（"凡写贾宝玉之文，则正为真宝玉传影"，甲戌本第二回脂批），回环相扣。《红楼梦》以"假作真时真亦假"的真假观来展现其对诸法与实相的思考，也反映了般若思想在《红楼梦》中的重要地位。① 这种真假隐喻的章法不仅"是曹雪芹为扩大作品的艺术容量、加强思想深度和提高艺术浓度的

---

① Craig Fisk, "Literary Criticism," in *The Indiana Companion to Traditional Chinese Literature*, ed. William H. Nienhauser, Jr. (Bloomington: Indiana University Press, 1986), p. 49. 浦安迪（Plaks）亦认为现实和虚幻的对立互补体现了"有""无"间的辩证法并通过"梦"的朦胧美表现出来，见 Andrew H. Plaks, "Where the Lines Meet: Parallelism in Chinese and Western Literatures," in *Poetics Today* (11: 3, 1990): 222. 关于《红楼梦》之"真"与"幻"在情视阈中的讨论，见 Wai-yee Li, *Enchantment and Disenchantment: Love and Illusion in Chinese Literature* (Princeton: Princeton University Press, 1993), chapter 5 ("Self Reflexivity and the Lyrical Ideal in *Hongloumeng*"); Wong Kam-ming, "Point of View, Norms, and Structure: *Hungloumeng* and Lyrical Fiction," in *Chinese Narrative: Critical and Theoretical Essays*, ed. Andrew Plaks (Princeton: Princeton University Press, 1977), pp. 205 – 225.

关键一招"①,也是其吸收佛教般若思想的重要例证。同时,《红楼梦》利用"镜"喻来表达其诸法实相观,反映了般若文学的兴起(the rise of the Prajnaparamita literature)②。有些学者认为诸法与实相在《红楼梦》中是分离的,认为曹雪芹把桃花源式的理想世界引入大观园中而建立起了乌托邦式的女性世界(这个世界是由女娲、贾母、刘姥姥、贾迎春为代表的"补天式的"女性世界),随着男权和统治意识形态的渗入,这个桃花源式的"干净"世界最终破灭了③。而余英时认为:"曹雪芹虽然创造了一片理想中的净土,但他深刻地意识到这

---

① 周思源:《红楼梦创作方法论》,文化艺术出版社2005年版,第39页。亦见潘运告:《从王阳明到曹雪芹:阳明心学与明清文艺思潮》,湖南教育出版社2008年版,第424-430页。

② 魏曼(Alex Wayman)强调了佛教镜喻主题对小说,尤其是对《红楼梦》主题的影响,并阐述了佛教镜喻的三个功能:"涤除玄览""诸法实相""隐预"。尤其第二点,他认为镜的幻相表达了"实相"理论["The rise of the Prajnaparamita literature as interpreted by the teacher Nagarjuna avoids the metaphorical mirror and employs the mirror simile for such illustrative purposes as the theory of *dharmas* (natures, features)"]。见 Alex Wayman, "The Mirror as a Pan-Buddhist Metaphor-Simile," in *History of Religions* (13: 4, 1974): 252.

③ Kam-ming Wong, "The Butterfly in the Garden: Utopia and the Feminine in *The Story of the Stone*," in *Diogenes* (53: 1, 2006): 122-134.

第二章 以情悟道：情与空对话结构中情境界的横向嬗变

片净土其实并不能真正和肮脏的现实世界脱离关系。"① 这两种观点都人为地预设了一个干净而纯粹的世界，所以会相应地有个杂染而龌龊的世界。实际上，"两个世界"的划分并非是曹雪芹的原意。第六十六回柳湘莲径直披露大观园实际上也是杂染的、世俗的、龌龊的："你们东府里除了那两个石头狮子干净，只怕连猫儿狗儿都不干净。"一百零三回，甄士隐开悟贾雨村说："什么真，什么假！要知道真即是假，假即是真。"因此，诸法本身即是实相。另外，似乎只有通过情的迷陷，才能从诸法中了悟实相，如第五回写宁荣二公嘱咐警幻仙子说："万望先以情欲声色等事，警其痴顽，或能使彼跳出迷人圈子，然后入于正路。"再至宝玉在太虚幻境误入大河而欲横渡，警幻警言曰："如堕落其中，则深负我从前一番以情悟道、守理衷情之言。"脂批言："四字（以情悟道）是作者一生得力处。人能悟此，庶不为情所迷。"

---

① 余英时：《红楼梦的两个世界》，上海社会科学院出版社2006年版，第38页。余的两个世界的划分受到赵冈、俞平伯、周汝昌的批评。见 Anthony C. Yu, "The Quest of Brother Amor: Buddhist Intimations in *The Story of the Stone*," in *Harvard Journal of Asiatic Studies* (49:1, 1989): 55–56.

这样,"假作真时真亦假"、实相不离诸法,是曹雪芹在真假互动中对佛教诸法实相的体悟。真假之辨中实幻一如、真假相即的般若思想在《红楼梦》的文本中时时出现,并借"痴情"的本真性及其对"真"的执迷的破除来显现常与无常、理性与非理性、条理与混乱间的背反。但是,我们应该注意的是,《红楼梦》更加侧重在"情"的论域中来探讨真假有幻问题,即第四回所说的"梦幻情缘"。

第二节 人情境界:礼与情

"痴情"的真、信、诚、实之意的拓展和深化就表现为"人情"境界。如第五回言:"世事洞明皆学问,

第二章 以情悟道：情与空对话结构中情境界的横向嬗变

人情练达即文章。"此种境界是广义的境界，是"人与人之间的相待相处的关系——即今之所谓'人际关系'"①。这种至真至信而博爱的"人情"境界所针对的是礼教基础上被异化的"人情"。从"礼"到"礼教"的转变反映了原初儒家"仁"的伦理道德性经"理"工具化后的目的性的转型。

第一回曹雪芹就写出"人情"的异化，他说："这阊门外有个十里街，街内有个仁清巷，巷内有个古庙，因地方狭窄，人皆呼作葫芦庙。""势利""人情""糊涂""假语""风俗"等字样，即展现出"情"与"礼"（风俗）之间的紧张。"人情"是儒家"仁"思想的现实情结，是建立在血缘基础上的交际原则。曹雪芹将"人情"提高到"仁"的高度，是对人情之爱的重新反思。因为在宋明理学二程那里虽然仁可以成为博爱，但博爱却不能称为仁。原因是"爱出于情，仁则性也。仁者无偏照，是必爱之"②。《红楼梦》以"人情"

---

① 周汝昌：《红楼艺术》，人民文学出版社1995年版，第230页。
② 程颢、程颐：《程氏粹言》卷一，见《二程集》，中华书局1987年版，第2280页。

在炎凉世态中的堕落来反衬"人情"在进入儒家"仁"之层面时所应有的内涵,从而显现出"人情"境界的真正价值。另外,在表现"人情"之儒家人文关怀的同时,作者也展现了"人情"在作为礼教时所形成的对社会产生负面效应的价值准则,如万恶淫为首,百善孝为先等。按照这些准则,贾宝玉与大观园女儿的关系,甚至与秦钟、蒋玉菡的同性关系都不符合当时礼教的规范。如巴斯兰(Thomas Bärthlein)所评:"传统爱情悲剧小说是高度矛盾的,因为它们推翻了同样的道德基础。"①也就是说,贾宝玉在反对礼教与杀人之"理"的同时,也试图向儒家之"仁"本身回归。两者貌似是"同样的道德基础",但根本性质却恰恰相反。

从情节上看,第三十三回《手足耽耽小动唇舌　不肖种种大承笞挞》中,"仁""孝""义""理"等传统理念相互冲突以及荣国府内外矛盾相互交织表现出人情关系的复杂与扭曲。荣国府内外矛盾交织并爆发似乎都

---

① Thomas Bärthlein, "'Mirrors of Transition': Conflicting Images of Society in Change from Popular Chinese Social Novels," in *Modern China* (25: 2, 1999): 214.

第二章 以情悟道：情与空对话结构中情境界的横向嬗变

是贾宝玉引起的：与蒋玉菡相互交换汗巾子搞同性恋关系，致使忠顺王府长史来荣国府要戏子蒋玉菡①，造成两府关系更加复杂；与金钏儿调情被贾环诬告"淫辱母婢""强奸不遂"，造成金钏儿投井，使内部矛盾激化。从中可以看出两个问题：①官场尔虞我诈、相互倾轧，造成"人情"在官僚集团内部的紧张；②"仁""孝""义""淫"相互冲突，造成"人情"在家族内部的紧张。这两种紧张是礼教与情思潮涌动的时代精神相悖而产生的结果。

"人情"蕴含了丰富的儒家血缘亲亲之爱，这种爱的程度由己及彼、由近及远逐渐递减，从而形成"家国同构""宗法亲缘"的特殊人文景观。贾宝玉和异性之间、同性之间的亲密无间的关系是人情百态之中不和谐的"逆流"，"混世魔王"的名号以及"正邪两赋"的性格虽然乖张无稽，却恰恰体现出他尊重人情人性的特点。有些学者认为，贾宝玉的这种反叛精神恰恰是超人

---

① Angelina C. Yee, "Counterpoise in *Hongloumeng*", in *Harvard Journal of Asiatic Studies*（50：2，1990）：632．

式的悲剧精神①。而"一定程度上，受到庄子无情之情的影响，宝玉的社会等级观念的抹除可以视为'情'的作用。从哲学上讲，他的精神境界更接近于魏晋时期的新道家，面对堕落的传统而肯定自然之情"②。这种观点是有道理的。"人情"是在"痴情"与自然之情的基础上打破堕落人际关系的一种反礼教的思想和境界。"人情"境界使"情"的内涵得到了进一步的拓展，反映了儒家的人伦观念以及魏晋"情即自然"论对《红楼梦》的影响。

从一定程度上讲，《红楼梦》所面临的是尚情主义时代思潮与当时较为禁锢的礼教的悖题，与魏晋玄学时期情礼之争的时代背景较为相似。两者的相通绝非偶然。魏晋玄学的自然与名教之辨体现了情、礼间的冲突与调和，并贯穿整个玄学发展的始末。通过王弼的"性

---

① 蔡宗齐（Zong-qi Cai）认为王国维在评红中揭示了贾宝玉具有尼采式的强力意志的反叛精神，故观察自我和他人的苦痛来证成宇宙和他人生命的真谛，重新建立"人情"世界中高扬人的意志和权力。见 Zong-qi Cai, "The influence of Nietzsche in Wang Guowei's essay 'On *The Dream of the Red Chamber*'," in *Philosophy East & West* (54: 2, 2004): 185.
② Zuyan Zhou, "Chaos and the Gourd in *The Dream of the Red Chamber*," in *T'oung Pao*, Second Series (87: 4, 2001): 264 – 265.

第二章 以情悟道：情与空对话结构中情境界的横向嬗变

其情"，阮籍、嵇康的"任其情"，向秀、裴𬱟、郭象的"适其情"来展示"正反合"的内在逻辑①。王弼的"性其情"试图通过无善无恶之性来规范情之发用，使动态之情合乎自然无为之"性"，即便是圣人也得使情合于中；阮籍的"性情一体"与嵇康的"触情而行"基于性情自然一体，力图通过任其情、破名教以达到任自然的理想状态；向秀的"礼义以节情"、裴𬱟的"宜情为政"、郭象的"适性逍遥"也以自然论性情，将现实之制度、礼法与宜情适性结合起来，使性情合乎名教与现实，从而达到逍遥适情的目的。因此，魏晋之情是在"缘情制礼"的现实条件下来统筹名教和自然的关系的。"情即自然"是玄学理论对"情"的基本看法，也反映出传统道家以自然为本来释情的特点。"情"以"真"为本的"情即自然"的观念给《红楼梦》发微情的境界意蕴并进而解决明清之际礼情冲突的时代问题提

---

① 关于魏晋之情的特征和发展的内在逻辑，参见何善蒙：《魏晋情论》，光明日报出版社2007年版，第87-131页。

供了思想来源。①

和魏晋情论"适性逍遥""缘情制礼"的逻辑一样,"情""礼"最终会回归儒家原初"仁"的秩序,并于此范围内重新彰显"仁"的人情味。有些学者在论及《红楼梦》"情""礼""理"关系时认为,"私情化公的之后会重新回归儒家社会秩序的本质"②。这种论断有相当大的合理性。"人情"是在"礼"与"礼教"的对立中重新回到"痴情"的本真层面,并在儒家"礼"的规定上将其扩大化,这是《红楼梦》以"人情"为中心来探讨礼情关系时的独特价值所在。

---

① 关于《红楼梦》礼情冲突,魏晋情学与《红楼梦》情学关系以及《红楼梦》情本体合法性问题的研究,见 Martin W. Huang, "Sentiments of Desire: Thoughts on the Cult of Qing in Ming-Qing Literature," in *Chinese Literature: Essays, Articles, Reviews* 20 (1998): 168 - 172. 亦参考周汝昌:《〈红楼梦〉与"情文化"》,载《红楼梦学刊》,1993 年第 1 期,第 67 - 78 页。

② "Qing is valorized here as absolutely essential to the maintenance of the Confucian social order." Martin W. Huang, "Sentiments of Desire: Thoughts on the Cult of Qing in Ming-Qing Literature," in *Chinese Literature: Essays, Articles, Reviews* 20 (1998): 171.

第二章 以情悟道：情与空对话结构中情境界的横向嬗变

第三节 情不情境界：空与情

《红楼梦》哲学主旨讨论中"空""情"之辨最为激烈。从甲戌本看，曹雪芹似乎处处想凸显这两方面的冲突，又似乎要在这样的情幻中构建他的空、情观。因此，通过"空－情"问题的研究，我们可以看到禅宗空观对《红楼梦》"情"哲学的影响，以及《红楼梦》如何在"情不情"范畴中通过沟通空情来建立其"情情"境界。而其中"情不情"范畴以及"空"范畴的界定是理解空情关系的关键。但是，贾宝玉对禅之"空"的理解依然是从"情"的主观出发，即"道无所不遍"，"情被草木"的"无可云证是立足境"的境界上，而真正打破这种"情"立足境的执着的却是林黛玉的"无立足境是方干净"意义上的"情情"，即消除一切主客观对立后无著无缚而诗意澄明的境界。

"大旨谈情"与"自色悟空"构成第一回的主题争论。《甲戌本凡例》写道:"醒同人之目,不亦宜乎?故曰'贾雨村'云云。更于篇中间用'梦''幻'等字,却是此书本旨,兼寓提醒阅者之意。"再至空空道人抄录《石头记》时"因空见色,由色生情,传情入色,自色悟空"。于此,"情"似乎成为"空"至"空"的中介而沦为其次。一方面,作者一再强调《红楼梦》"大旨谈情";另一方面,又突出提醒阅者要以"空""幻"为本旨。这两方面穿插交错于第一回并作为关键字眼展示给读者。而作者①又题总诗一首,更直接凸显出"空"与"情"的对立与冲突:

---

① 本诗的作者是谁尚有争论,这也影响了全书主旨的定位。一些学者认为此诗出于脂砚斋,一些认为是曹雪芹,一些认为是二人合写。但不管怎样,此诗都应是全书主旨的体现。关于脂砚斋与《红楼梦》创作关系问题的研究,见 David L. Rolston, *Traditional Chinese Fiction and Fiction Commentary: Reading and Writing Between the Lines* (Stanford: Stanford University Press, 1997), pp. 329 – 348; John C. Y. Wang, "The Chih-yen-chai Commentary and *The Dream of the Red Chamber: A Literary Study*," in *Chinese Approaches to Literature*, ed. Adele Rickett (Princeton: Princeton University, 1978), pp. 193 – 195; Haun Saussy, "The Age of Attribution: Or, How the '*Hongloumeng*' Finally Acquired an Author," in *Chinese Literature: Essays, Articles, Reviews* 25 (2003): 119 – 132; Shan Te-hsing , "A Study of Chih-yen-chai's Commentary on the *Hongloumeng*," in *Studies in Language and Literature* 2 (1986): 135 – 155; Chan Hing-ho , *Le Hongloumeng et les commentaries de Zhiyanzhai* (Paris: Collège de France, 1982).

第二章 以情悟道：情与空对话结构中情境界的横向嬗变

> 浮生着甚苦奔忙，盛席华筵终散场。
> 悲喜千般同幻渺，古今一梦尽荒唐。
> 谩言红袖啼痕重，更有情痴抱恨长。
> 字字看来皆是血，十年辛苦不寻常。

这首诗是空情分歧的焦点。前四句用般若空观谈人生之空幻、荒唐，感叹"悲喜""奔忙"是如此的虚幻，而芸芸众生却执妄为有，沉迷于"浮生奔忙""盛席华筵"的幻象中，认识不到"性空妙有"的宇宙本质；后四句立足于"情"，悲叹"情痴"，突显此书"情"书的地位。更进一步，"情""空"之外，又有"太虚""幻"交织其中，"情"的意蕴变得更为扑朔迷离。如第五回贾宝玉在"艳极淫极"（脂批）的诱惑中由秦氏引领梦入太虚幻境。后有批语曰："此梦文情固佳，然必用秦氏引梦，又用秦氏出梦，竟不知立意何属？"警情之笔以"秦"与"情"的双关以及与"太虚"的直接连用（"秦太虚"①）揭示出"情""空""幻""太虚"间的复杂联系。

---

① 林·白池（Lene Bech）认为"秦太虚"的意象似乎不是曹雪芹随手拟用的，"情"与"太虚"的直接连用反映出贾宝玉梦入太虚幻境所要体证的境界。见 Lene Bech, "Flowers in the Mirror, Moonlight on the Water: Images of a Deluded Mind," in *Chinese Literature: Essays, Articles, Reviews* 24 (2002): 105; Haun Saussy, "Reading and Folly in *The Dream of the Red Chamber*," in *Chinese Literature: Essays, Articles, Reviews* 9 (1987): 32.

针对这一问题，有以下几种代表性的观点。林·白池（Lene Bech）认为整个小说的结构是"空-形式-空"的布局，曹雪芹把"情"的观念引入形式世界中，"情"与红尘中的概念相同而与"空"恰恰相反，空空道人通过小说的指引而悟入"道"境，摆脱对红尘"有用"和"无用"的执着。①白盾认为曹雪芹的哲理思想最后归于空无的佛道境界："它写的是始于大荒山，终于青埂峰——始于无，归于无的'大荒山无稽崖'的故事……最终一切归于空无世界，显出佛老哲理的思想意蕴。"②周汝昌反对这种"色空说"，他认为空空道人改名为"情"僧是借"空"之名而遣"情"之实③。这几种观点虽然表面上有很大的分歧，但如果我们从小说这种包容性的体裁来看，"空"与"情"并非是完全对立的。实际上，这两个范畴在小说中都发生了论域的转换。我们将从以下两层次上看"情""空"在小说中的

---

① Lene Bech, "Fiction That Leads to Truth: 'The Story of the Stone' as Skillful Means," in *Chinese Literature: Essays, Articles, Reviews* 26 (2004): 6–7.

② 白盾：《悟红论稿：白盾论红楼梦》，文化艺术出版社2005年版，第113页。

③ 周汝昌：《献芹集》，陕西人民出版社1985年版，第194页。

第二章 以情悟道：情与空对话结构中情境界的横向嬗变

关系，以及贾宝玉在悟"空"时的理论弱点，进而在下一节分析林黛玉"情情"思想对贾宝玉释"空"观点的批判和超越。

一、情空之辨中论域的转换

禅宗继承般若实相与涅槃佛性的理论，主张般若扫相、空有相即、以空融有、空有相摄。以非有非无不落两边的遮诠形式表达缘起性空、性空假有的思想，进而呈现无相之实相，而诸法性空就是宇宙实相。故空即是色，空亦应空（自我否定）。空有两系思想的调和在禅宗这里体现得更为明显①。倘从解脱论上看，惠能要驳斥的就是"真心"，从而在无相、无念、无住上显现当下活泼泼现实之心与当下解脱，这个又同时是般若实相论和涅槃佛性论的结合。因此，惠能说："般若无形相，智惠性即是。"② "见一切法，不著一切法，遍一切处，

---

① 禅宗如何调和空有两宗思想并将般若性空和涅槃佛性融合至其活泼泼当下之心，见洪修平：《禅宗思想的形成与发展》，江苏古籍出版社2000年版，第232－255页。本书对禅宗以空融有、空有相摄的观点将依此书之论证。
② 敦煌本《坛经》第26节。

不著一切处，常净自性……即是般若三昧，自在解脱。"①

一方面，《红楼梦》亦吸收了这样非有非无、性空假有的思想，却将其引入到情的论域中。在"好事多魔"（甲戌本、庚辰本作"魔"）、人非物换、悲欢离合中体现"空"的般若思想。所经历之情，皆为梦幻，故"因空见色，由色生情，传情入色，自色悟空"（第一回）。同时，甲戌本脂批处处点醒"警幻"为大关键处，"全用幻，情之至莫如此"（第一回），"以顽石草木为偶，实历尽风月波澜，尝遍情缘滋味，至无可如何，始结此木石因果，以泄胸中悒郁"（第一回）。回末总评："出口神奇，幻中不幻。文势跳跃，情里生情。借幻说法，而幻中更自多情，因幻捉笔，而情里偏成痴幻。"由此可见，佛教之"空"的中道般若思想被引入到一个新的论域中，成为发微"情"非有非无、性空妙有的理论支柱。

另一方面，从解脱上讲，《红楼梦》亦破除了对

---

① 敦煌本《坛经》第31节。

第二章 以情悟道：情与空对话结构中情境界的横向嬗变

"情"立足境的执着，在打破一切情执着的形式以及泯然情之主客对立的基础上，显现出"情情"的诗意澄明的寂然世界。同时，"好了歌"所秉持的破立观亦是在空色相即的基础上的解脱。在实现了"空"向"情"论域的转换后，"空"在深层意义上支撑"情"的立论，并成为"情"的表现形式。

二、贾宝玉"情不情"释"空"之局限

脂批多处透露情榜中贾宝玉的判词为"情不情"[①]。学界对"情不情"有多种解释，一种观点认为前一个"情"字作动词，有钟情、用情之意，"不情"指草木瓦石等物，宝玉对"无情"也赋予情；另一种观点认为，"情不情"是"情"与"不情"两极的糅合，体现

---

① 如甲戌本第八回脂批透露："按警幻情讲（榜），宝玉系情不情。凡世间之无知无识，彼俱有一痴情去体贴。"第十九回庚辰、己卯本亦有大段夹批："后观《情榜》评曰：'宝玉情不情，黛玉情情。'"第二十一回中庚辰本回前总批云："情不情兮奈我何。"第二十三回"满身满地皆是，宝玉要抖将下来，恐怕脚步践踏了"处，庚辰本夹批云："情不情。"

了贾宝玉情、理的分合乖张的性格①。这种独特性格具体表现在第二回冷子兴与贾雨村关于天地人性的探讨中,而其内在隐含着"情"(有)同时又是"不情"(空)的寓意,从而具有融摄空有的禅宗思想。梁归智认为前一种"情不情"既专注"唯一",又"泛情"博爱,让"每一个他情之所及的对象都感受到一种只有想象中的天堂才可能有温馨和愉悦,得到一种超生般的升华,却又必然和社会既有的伦理、道德、准则、规矩发生抵触和摩擦"②。一些海外学者基于第二种观点,在分析"情不情"时认为这不仅体现了物我合一的审美理想,也体现了无私(空)的无限性和自我(有)的扩大性。③

———————

① Lene Bech, "Flowers in the Mirror, Moonlight on the Water: Images of a Deluded Mind," in *Chinese Literature: Essays, Articles, Reviews* 24 (2002): 104.

② 梁归智:《独上红楼:九面来风说红学》,山西古籍出版社 2005 年版,第 200 页。

③ Wai-Yee Li, "Enchantment and Disenchantment: Love and Illusion in Chinese Literature," in *Chinese Literature: Essays, Articles, Reviews* 16 (1994): 167. 艾达麦(Wilt L. Idema)在评价 Wai-Yee Li 对贾宝玉"情不情"的分析的时候,他指出"情不情"有三种解释:①物我合一(union of self and object);②过度的"情"而必然导致的自我否定(the inevitable self-negation of excessive *ch'ing*);③爱太泛,故无爱(by loving too many, loves none)。见 Wilt L. Idema, "Enchantment and Disenchantment, Love and Illusion in Chinese Literature by Wai-yee Li," in *T'oung Pao*, Second Series 81 (1995): 197.

第二章 以情悟道:情与空对话结构中情境界的横向嬗变

就第一种观点而言,"情不情"的泛情的表现就是"意淫"(痴情于物甚至双性)①。"好色即淫,知情更淫"(第五回)揭示了"色"与"淫"之间的通达。第五回在"好色即淫,知情更淫……吾所爱汝者,乃天下古今第一淫人也"之后,直接将"天分中生成一段痴情"名之曰"意淫"。② 这里的"意淫""泛淫"非同于"色而不淫"和"皮肤滥淫"。因此,"泛淫"比较恰切地点出了宝玉"体贴""痴情"的特点。按照脂砚斋的意思,这里的"色"并非具有"美貌""情色"之意,而是佛教意义上的"色",即缘起之"空","色即是空,空即是色";"淫"并非是肉欲,而是把痴情推演开来,着眼于世间万物,因而具有真情的宇宙遍及性。从第五回"(宝玉)天性所禀来的一片愚拙偏僻,视姊妹弟兄皆出一体,并无亲疏远近之别",到第三十五回"看见燕子,就和燕子说

---

① Louise Edwards, "Gender Imperatives in Hongloumeng: Baoyu's Bisexuality," in *Chinese Literature: Essays, Articles, Reviews* 12 (1990): 69 – 70.
② 关于"皮肤滥淫"(Wanton Lust of the Skin)、"意淫"(Lust of Intent)、"真情"(True Love),见 Paolo Santangelo and Ulrike Middendorf (ed.), *From Skin to Heart: Perceptions of Emotions and Bodily Sensations in Traditional Chinese Culture* (Harrassowitz Verlag: Wiesbaden, 2006), pp. 183 – 203; Halvor Eifring, "The Psychology of Love in *The Story of the Stone*", in *Love and Emotions in Traditional Chinese Literature* (Leiden: Brill, 2004), pp. 271 – 324.

话"以及神瑛侍者护花的情节,我们可以看到,宝玉和张载的"民胞物与"的思想如出一辙,他将痴情推及至对宇宙万物普遍的、无差别的爱的精神,是"意淫"的主要特征,也是"情不情"的一个重要特点。另外,在贾宝玉看来,不仅主观上"情被草木",而且在实际上认为草木本身亦有情。这种主观上将情映射到所有有情、无情身上与客观上认为有情、无情自身皆有情的观点,与"道无所不遍"①或"草木亦有佛性"②的观点有很大的相关性。同时这种情遍万物的所谓"意淫"观在现实性上又是"幻"(第五回)。在这个意义上,"意淫"(泛情)与"色"联系起来,并有了"色即是空"的逻辑,因此可以得出"意淫"即是"空"的结论。

就第二种观点来看,"情不情"兼具"情"(有)与"不情"(空)。一方面,贾宝玉将情遍及宇宙;另一方面,情极而成为"情毒"。"情毒"是指将痴情推及开来后,了悟到"情即幻、幻是空"的道理而"悬崖撒手"。泛情与

---

① 敦煌本牛头法融《绝观论》。
② 吉藏《大乘玄论》卷三,见《大正藏》第45卷,第40页。

第二章 以情悟道:情与空对话结构中情境界的横向嬗变

"情毒"的合一,使"情不情"本身具有般若性空的特点:草木皆具情,然"情"皆是幻与空。王国维从这一点出发,认为贾宝玉"情不情"是宇宙之大解脱,是观他人之苦痛,洞彻宇宙人生的本质。① 因此,"情""不情"的合一使"情不情"有沟通空有的特点,进而在梦、幻的基础上呈现出一种解脱的意识。

这两种对"情不情"的解释都揭示了"情不情"般若性空的内涵。但是,贾宝玉的禅悟还滞留在"情"的一元论上。从第二十二回贾宝玉写的禅偈"你证我证,心证意证。是无有证,斯可云证。无可云证,是立足境"② 来看,"情不情"保留了"情"的立足境。即以

---

① 参见俞晓红:《王国维〈红楼梦评论〉笺说》,中华书局2004年版。亦见 Zong-qi Cai, "The influence of Nietzsche in Wang guowei's Essay On *The Dream of the Red Chamber*," in *Philosophy East and West* (54:2, 2004): 171 – 178; Joey Bonner, "The World as Will: Wang Kuo-Wei and the Philosophy of Metaphysical Pessimism," in *Philosophy East and West* (29:4, 1979): 443 – 466.

② 宝玉的这段偈文在佛经中有原型。敦煌唐写本《神会语录》第一残卷有神会所说:"无证者,道性俱无所得。"《指月录》卷十四中,临济义玄禅师也说:"无古无今,得者便得。不勒时节,亦无修证。"《圆觉经》也说:"善男子,如昨梦故,当知生死及与涅槃,无起无灭,无来无去。其所证者,无得无失,无取无舍。其能证者,无所无止,无任无灭。于此证中,无能无所,毕竟无证,亦无证者,一切法性,平等不坏。"见李根亮:《〈红楼梦〉与宗教》,岳麓书社2009年版,第21页。

情观有情、无情，则草木皆有情。贾宝玉之"情不情"在阐释禅宗般若性空的局限性体现在："情"立足境的建立，只是主观呈现客观，在般若观照之时，未能摆脱主客二分。就南禅惠能的思想来看，般若的观照是泯然主客的直观洞察，基于本觉而又消融于自心，故无任何"立足境"。因此，贾宝玉的"情不情"未能有般若性空之"一切法从众缘会而成。体缘未会，则法无寄，无寄则无住，无住则无法。以无法为本，故能立一切法也"①的彻悟。正如第二十二回薛宝钗直接引南北禅"本来无一物"与"时时勤拂拭"的偈语批评贾宝玉仍然固执于"情"之立足境，"情不情"对以情观物的保留是贾宝玉禅悟"空"的局限。这就必然地需要一种情的理论形态来更好地阐释禅宗之"空"，即"情情"。

---

① 僧肇：《维摩经·观众生品》注。参见洪修平：《禅宗思想的形成与发展》，江苏古籍出版社2000年版，第265页。

第二章　以情悟道：情与空对话结构中情境界的横向嬗变

第四节　情情境界：空空与情情

为了摆脱"情不情"之"情"般若观照时的主客二分，"情情"则用自我否定和遮诠的形式表达"无立足境是方干净"（第二十二回）的空空之境。而"空空"范畴亦是被引入情域内并保留其遮诠性的表达。"情不情"到"情情"的飞跃，有着从渐修至顿悟式的工夫转换。贾宝玉境界的提升有两种基本形式，一种形式是大观园女儿以水中月、镜中花破灭的形式来显映贾宝玉的境界的提升，她们的存在是宝玉生命境界在红尘中每个阶段的标志[①]；另

---

① Lene Bech, "Flowers in the Mirror, Moonlight on the Water: Images of a Deluded Mind," in *Chinese Literature: Essays, Articles, Reviews* 24 (2002): 99.

一种形式是借诗谶、谜语、僧道、警幻、黛玉等的直接警示。

　　一种观点认为"情情"是指林黛玉能够将自己的感情赋予自己所爱的人,第一个"情"是动词,第二个"情"是名词;另一种观点认为"茫茫""渺渺""朦胧""渺茫"等复合词既是押韵的复合词,也是玄妙混冥境界的口语表达,故集"声喻"和"浑沌"于一体①。我们认为,"情情"作为高于"情不情"境界的境界,仅仅局限于这种"情"的能动性似乎不够,"情"的境界价值应该在于它的超越性。而"情情"所隐喻的浑沌状态,是一种"隐藏着和谐的自然"(the hidden harmony nature)和"善的无秩序"(a benevolent disorder),"阴阳和静,鬼神不扰"②,"无秩序却是一切

---

① Eugene Eoyang, "Chaos Misread: Or, There's Wonton in My Soup!," in *Comparative Literature Studies* (26: 3, 1989): 274; David Yu, "The Creation Myth and Its Symbolism in Classical Taoism," in *Philosophy East and West* (31: 4, 1981): 484; Zuyan Zhou, "Chaos and the Gourd in *The Dream of the Red Chamber*," in *T'oung Pao*, Second Series (87: 4, 2001): 258.

② Norman Girardot, *Myth and Meaning in Early Taoism: The Theme of Chaos (hun-tun)* (Berkeley: University of California Press, 1983), p. 113; Zuyan Zhou, "Chaos and the Gourd in *The Dream of the Red Chamber*," in *T'oung Pao*, Second Series (87: 4, 2001): 255.

第二章 以情悟道:情与空对话结构中情境界的横向嬗变

秩序的总和"①。这既是道家"葫芦"(糊涂)的表达,也是无情之情意蕴的彰显。另外,"情情"也是向"真我"和"本我"的回归,贾宝玉"混世魔王"式的"涎皮赖脸"拒绝儒家粉饰太平和"要脸"的虚伪,却毕恭毕敬地赞同仁和礼,体现了儒家"秩序"与道家"混沌"的对立和统一②。

同时,我们也可以从"空空道人"名号的角度看到"情情"对儒佛道术语的吸收和整合。"从此空空道人因空见色,由色生情,传情入色,自色悟空,遂易名为情僧,改《石头记》为《情僧录》。"(第一回)有人认为,"空空"是佛教的术语,"人"通"仁",故"空空道人"的名号暗含了儒佛道三教在"情"的论域中的新

---

① David L. Hall, "Process and Anarchy—A Taoist Vision of Creativity," in *Philosophy East and West* 28 (1978): 278-279.
② 周祖炎(Zuyan Zhou)认为以"秩序"(礼)与"混沌"(胡来)为标志的儒道思想在这里是冲突的,"混沌"是一种反儒家秩序和等级制度的状态(level down the hierarchies that constitute the foundation of the Confucian order)。Zuyan Zhou, "Chaos and the Gourd in *The Dream of the Red Chamber*," in *T'oung Pao*, Second Series (87:4, 2001): 261-262. 亦见 Joseph Needham, *Science and Civilization in China*, Vol 2 (Cambridge: Cambridge University Press, 1977).

的整合①。事实上,《红楼梦》在情节上并未将佛道二教作详细而严格的区分。凡需用"梦"的形式来沟通形上形下世界的时候,佛道就会一同出现。不仅如此,在所用的佛道哲学理论上,曹雪芹也没有对其严格地进行分类,佛道混同的情景在小说中也不乏其例。这不仅反映了当时儒佛道三教融合的背景,也反映了小说在融摄三教理论而构建自身哲学思想时的一种隐喻性的写作手法。因此,以"空空道人"的名号为例,我们发现《红楼梦》并不像同时代理学家那样对儒佛道三教有系统而详尽的专题论述,小说的特点决定了它自身只能以象征性的具象来表达哲学思想。由此可见,"情情"作为一种双遣词并非是随意杜撰的,它的产生受到了其他小说以及儒佛道三教的深刻影响。

虽然"情情"范畴有多重哲学内涵,但其双遣的特征却是其中重要的一部分。在双遣性这一点上,它与佛

---

① "Scholars have noted allusions to the three teachings in Kongkong daoren's name." Lene Bech, "Fiction that leads to Truth:'*The Story of the Stone*' as Skillful Means," in *Chinese Literature: Essays, Articles, Reviews* 26 (2004): 20.

第二章 以情悟道：情与空对话结构中情境界的横向嬗变

教"空空"和道教"重玄"是相通的①。《大智度论》卷四十六云："何等为空空？一切法空，是空亦空，是名空空，非常非灭故。何以故？性自尔。是名空空。"②《仁王般若经疏》卷上二云："释论云空空者，先以法空破内外等法，后以此空破是诸空，是名空空。问空与空空有何异。答空破五阴，空空破空……以空破诸烦恼病，恐空复为患，是故以空捨空，故名空空也。"③而

---

① 从文本上看，第一，《红楼梦》受到佛教般若性空思想和道教重玄学的影响是有可能的。《红楼梦》的情节中直接涉及佛道教经典的有《金刚经》（第二十五、八十八回）、《心经》（第八十八回）、《坛经》（第二十二回）、《参同契》（第一百一十八回）、《五灯会元》《元命苞》（第一百一十八回）等。此外，还有宝玉的"内典语中无佛性，金丹法外有仙丹"（第一百一十八回）以及第一百〇二回《宁国府骨肉病灾祲，大观园符水驱妖孽》中请道士消灾驱邪念《洞元经》（《太上洞玄灵宝无量度人上品妙经》）等大段情节。在有些章节里也有描写禅僧与全真道士在一起超度诸魂、打醮念讖的（第十三回）。这些佛道教经典及其仪轨法术在《红楼梦》中的出现，说明作者对佛教般若性空思想及道教内外丹内容并不陌生。这是一条线索。第二，《红楼梦》也出现了不少关于《西游记》《水浒》《西厢记》《会真记》等小说戏曲的内容，曹雪芹和脂砚斋对这些小说的熟悉程度更不必多言，里面包含的佛教中观思想以及道教重玄学的内容也会影响《红楼梦》结构的布局和术语的运用。这是第二条线索。第三，《红楼梦》直接用"空空""茫茫""渺渺""情情"等复合词以及"荒唐演大荒""梦演红楼梦""情传幻境情"等文字也是一种双遣的用法。
② 《大智度论》卷四十六，见《大正新修大藏经》（第25册），第393页下。
③ 《仁王般若经疏》卷上二，见《大正新修大藏经》（第33册），第326页中。

"空空,十八空之一,谓诸法自性是空,此'自性空'亦属假说名言,不可执为实有"①。即是说,只用"空"本身是不够的,"若说一空则不能破种种邪见及诸烦恼"②。"空空"认为"空"虽然否定了"无""有"各自的执着,但执着于"空"本身就是一种"患"。而"空空"正是一种自我融解,从而实现真正的性空假有。除"空空"外,佛教也有"生生""住住""灭灭"等用法。如《阿毗达摩大毗婆沙论》中曰:"诸行生时,九法俱起。一者法,二者生,三者生生,四者住,五者住住,六者异,七者异异,八者灭,九者灭灭。"③"生生""灭灭""住住""异异"的用法都在破除单字的局限,从而实现自我的超越。虽然"空空"与重玄学之"重玄"概念之间的关系非常复杂,且根本旨趣也不尽

---

① "空空"除对空的破除之义外,亦指"智空"(以智慧空除妄想分别)与"法空"(诸法自性空)之统一。《维摩诘经·问疾品》:"诸佛国土亦复皆空。又问:以何为空?答曰:以空空。又问:空何用空?曰:以无分别空故空。"有僧肇注:"经曰:圣智无知,以虚空为相;诸法无为,与之齐量也……上空智空,下空法空也。"见任继愈主编:《佛教大辞典》,江苏古籍出版社2002年版,第868页。这里与"情情"相应之"空空"当取前者"以空捨空"义。
② 《仁王般若经疏》卷上二,见《大正新修大藏经》(第33册),第326页上。
③ 《阿毗达摩大毗婆沙论》卷三十九,见《大正新修大藏经》(第27册),第200页。

第二章 以情悟道：情与空对话结构中情境界的横向嬗变

相同，但在双遣的思维方式上却是一致的①。如《本际经》卷八讲"重玄"曰："何谓重玄？太极真人曰：正观之人，前空诸有，于有无著。次遣于空，空心亦尽，乃曰兼忘。而有既遣，遣空有故，心未纯净，有对治故。所言玄者，四方无著，乃尽玄义。如是行者，于空于有，无所滞著，名之为玄。又遣此玄，都无所得，故名重玄众妙之门。"②《本际经》在吸收佛教思想的基础上以空于"空心"为重玄而进入心性净染的论域中，提出了重玄兼忘的方法论。这种思维方式也被成玄英所承继。③ 他在

---

① 就"重玄"而言，其经历了西晋陆机时文学的修饰性手法到支道林、孙登、僧肇时期的哲学含义的赋予（佛道混用重玄），再到后来杜光庭、成玄英的有无双遣、玄之又玄的意义转型这样的漫长的发展过程，有"涅槃""菩萨的便利行果位""重天""解脱境界""最高境界""道""众妙之门"等十几种含义，并成为论证空无所空、无无亦无、不可执着的道体以及心寂境忘、忘之又忘、玄道自至的道性的重要方法。关于道教重玄学的演变和运用，见孙亦平：《杜光庭评传》，南京大学出版社2005年版，第181－208页。同时强昱也指出，隋唐以来重玄学至少有三个方面的含义：①方法；②不可穷尽的本质；③终极的境界。但本书所指的"重玄"就以重玄学之双遣义为主。至于重玄的诸多用例、发展背景、意义转型、思想体系等方面的内容，并非本书所要论述之重点，请参见强昱：《从魏晋玄学到初唐重玄学》，上海文化出版社2002年版。

② 强昱：《从魏晋玄学到初唐重玄学》，上海文化出版社2002年版，第199页。

③ 《本际经》没有把玄规定为空有一体，而是以对空的领悟为玄，重玄即是空于"空心"，于是本体与主体缺乏有机统一，在方法和境界上有缺陷，而成玄英则以穷理尽性概括重玄兼忘，在此基础上弥补了《本际经》的理论缺陷。见强昱：《从魏晋玄学到初唐重玄学》，上海文化出版社2002年版，第200页。

《道德经义疏》第一章中说："有欲之人，唯滞于有，无欲之士，又滞于无，故说一玄，以遣双执。又恐行者滞于此玄，今说又玄，更祛后病。既而非但不滞于滞，亦乃不滞于不滞，此则遣之又遣，故曰玄之又玄。"在《红楼梦》这里，林黛玉的"情情"并不满足于贾宝玉"情不情"所破除一切善恶美丑真假后留下的"情"的立足境，因此在上一节所述的"情不情"内涵的基础上，"情情"又对"情不情"本身的立足点进行扫除，从而展现虚空之性与玄冥之境。这个过程是遣之又遣的过程。

从工夫的角度来看，《红楼梦》的"情情"不仅具有双遣义，而且也展现出了双重的修炼途径：①贾宝玉"情不情"向"情情"境界提升时的一念心的顿悟工夫；②情境界经过"石-玉-石"的磨炼过程而复归"情情"境界的渐修工夫。前者是在形下世界中吸取禅宗顿悟而明心见性的顿悟之法；后者是借鉴道教重玄学渐修式的方法而达到胜妙之境的渐修历程，如成玄英在"复归于婴儿"的解脱中所主张的"尘累斯尽，心灵虚白"（《道德经义疏》第十五章）的方法。

第二章 以情悟道:情与空对话结构中情境界的横向嬗变

第一种"情情"的解脱工夫之所以是顿悟的方法,是因为贾宝玉"情不情"发展到极致的结果并不是"情情",而是"情毒","情不情"坚持"情"的主观观照和空的执着。由泛情而走向"情"的执着,实现"情情"义上的双遣,是质的飞跃,而不是量的叠加。这不仅在第二十二回薛宝钗借惠能神秀来提升宝玉境界的情节中可以明显看出,在高鹗续书中也有论述。如第九十一回:"黛玉道:'原是有了我,便有了人;有了人,便有无数的烦恼生出来,恐怖,颠倒,梦想。更有许多缠碍。'……宝玉豁然开朗,笑道:'……我虽丈六金身,还借你一茎所化。'"黛玉认为,正因为"我"的存在,才会升起所对之境,因此"我"本身的破除即是解除烦恼而实现双遣后澄明之境的必然之途。贾宝玉认为他虽然已有"丈六金身"的悟禅智慧,但仍需黛玉的"借茎所化",从根本上打破立足境。所以,对"情不情"本身的执着和立足境产生怀疑是必然的,而"情情"以"无立足境"的双遣的形式体现了"空"在情的论域中非有非无、以空捨空的内涵。

第二种"情情"的解脱方法又是在情纵向境界复归

的维度上而言的。没有经过情在形下世间的渐修,则很难实现"情"的最终解脱。如甲戌本第五回警幻说:"万望先以情欲声色等事,警其痴顽,或能使彼跳出迷人圈子。"旁有朱批曰:"二公真无可奈何,开一觉世觉人之路也。"第一回在"石自经锻炼之后,灵性已通"旁有脂批曰:"锻炼后,性方通。甚哉,人生不能不学也!"这两例显然在说明"以情悟道"需要情的锻炼和渐修。但是周祖炎(Zuyan Zhou)在这里认为佛道在面对情欲而实现精神解脱时所用的方法有根本不同,他说佛教的目的在于通过沉思和自律的行为来净化欲望,而道教则允许先沉溺后警醒。① 实际上这种说法并不准确,佛教尤其是禅宗强调即相而离相,道教则更强调渐修而达到最终的顿悟解脱。在禅宗惠能那里,顿修顿悟,顿悟顿修,融修于悟之中,修无念法,行般若行,但实质上却是重视顿悟,即在即相时念念不起执着,当下实现解脱。而成玄英的重玄学也重视定慧双修,通过取法于

---

① "Whereas Buddhism aims absolutely at a purging of human desire through meditation and a path of self-disciplined conduct, Daoist theory allows that indulgence in desire can be the first step toward enlightenment." Zuyan Zhou, "Chaos and the Gourd in *The Dream of the Red Chamber*," in *T'ong Pao*, Second Series (87:4, 2001):268.

第二章 以情悟道：情与空对话结构中情境界的横向嬗变

天地之"清虚""安静","累劫修研",渐修之后而顿悟，如此而达"重玄之域"。显然，这里"情情"在"石－玉－石"的纵向历程则是通过后者式的遍历情之种种而实现"以情悟道"的。

综上，《红楼梦》在与儒佛道三教范畴的对话结构中实现了情境界的横向嬗变。从"假作真时真亦假"的真假观我们可以看到《红楼梦》吸收了佛教般若性空观，将"空"的范畴借用到小说中来表现"情"非有非无、真幻相即的特性。这分四个步骤来展现：首先，《红楼梦》用大量的"痴"与"痴情"的术语来表达对自然和本真的追求，但这种追求很容易转向对尘世幻情幻境的盲目执着，认为眼前所见之情与境皆真实不虚，从而构成情境界的初级阶段以待后来之情境对此进行破除；其次，"人情"是"痴情"本真性的进一步拓展，构成儒家"仁"基础上"礼"与"礼教"的讨论；再次，贾宝玉在禅诗中表现出来的"情不情"的境界，实际上是对"痴情"问题（对幻情幻境的执着）的深入，试图在保留"情"立足境的基础上阐释真假、空有的问题；最后，"情情"超越"情不情"释空的局限，在情的论域中以情捨情、以空捨空的双遣上来对禅宗空观进行诠释。我们可以看到林黛玉"情情"境界（无立足境是方干净）对"空"的理解主要在于对立足境的破除以及无"心"可修上。这一点将在第四章第二节进行详细阐述。

此外，本章之所以用对话结构的形式来展现"情"境界的递进和嬗变，不仅是因为中国哲学中有许多范畴和命题都以相正相反的辩证形式出现，更是因为《红楼梦》蕴含着儒佛道三教的许多重要范畴，这些重要范畴如何能在小说中得以同时运用是个关键性的问题。这一点，浦安迪（Andrew H. Plaks）在《〈红楼梦〉中原型和寓意》一书指出，《红楼梦》蕴含着传统文化的"模式"和"母题"，这些母题与模式形成了它的原型和结构。[1] 我们看到，《红楼梦》对这些悖反命题的把握基于一种前提，即小说论域的转换，这就使儒佛道三教冲突的命题、价值观可以在特定的包容性的论域中融构出小说哲学的核心范畴与同一主题，以及在此基础上形成不同于真实历史却又映射真实历史的三教关系观。

---

[1] Andrew H. Plaks, *Archetype and Allegory in The Dream of the Red Chamber* (Princeton: Princeton University Press, 1976).

第三章

炼情补天:情与理对话结构中情境界的纵向复归

除了"空"与"情"对话结构上情境界的横向嬗变,"理""情"分立圆融中情亦经历了纵向的升华。《红楼梦》将程朱理学的理模型结构①和思维方式转换入"情"的小说论域中,产生了情在青埂峰上、太虚幻境和大观园中的三种情场,以及"情情"在三种情场中的状态:①形上域中情超越善恶悲喜的浑沌之态;②形下间理情冲突中诗意的生存状态;③复还本质后以情融理的自然、自虚、澄明之态。这三种状态所呈现的相应境界,展现了生命醒悟和境界嬗变之历程。而贯穿其中的"情情"所显现的情的动态结构、悲情与诗意境界的交融以及"炼情补天"的尝试性重构,是《红楼梦》在理情对话结构中实现情境界升华的又一途径。

---

① 程朱理学中模型化的理范畴以及以理为核心的范型的形成、发展、完善的过程,参见吕变庭:《程朱理学与理范型》,中国社会科学出版社 2008 年版。本章关于情本体以及悲情境界的论述,参见高源:《论"诸法实相"与〈红楼梦〉"情"之本体的挺立》,载《江汉大学学报(人文科学版)》,2010 年第 29 卷第 1 期,第 33 - 37 页。作为情境界在西方基督教本体视角下的另一种参照性研究,参见笔者论文 Gao Yuan,"*The Dream of the Red Chamber* and Christian Theology: Seeking a New Philosophy of Love from the Christian Perspective",in *Dialog: A Journal of Theology*,(57:1,2018):66 - 70.

第三章 炼情补天：情与理对话结构中情境界的纵向复归

第一节 形上之情：天之维度与情之萌动

青埂峰上的形上之天具有多重维度：①女娲所补之"天"（自然之天与至上神之天）；②木石前盟之"债"与"命"；③理之天。这些"天"的多重意蕴排除了"情"形上存在的可能性。"情"作为一种债本身也成为必然要了结的理和命。拒斥"情"的形上本体性是宋明理学的一贯主张，《红楼梦》再现了这种天理的形上架构，但有炼情补天、以情融理的设想。

把"情"作为本体，是明末清初情思潮发展中的一个动向。马丁·黄（Martin W. Huang）认为将"情"与"生生"相联系并能作为超越的力量来超越生死界限,同时又与宋明理学之理本体异趣,所以可以引入本体加以考虑。① 袁黄(1533—1606)在其《情理论》中直接反对新儒家理本体的观点,认为"情"比"理"更具有本体的优先性。② 刘小枫在《拯救与逍遥》中也认为"情"具有一种新的形而上学的地位在于它的超越性。③ 而甲戌本脂批也试图将"情"放入"无极太极之轮转,色空之相生,四季之随行"(第五回)的架构中来展示其大化流行的逻辑。按照这样的观点,将理本体的运行纳入情的逻辑域中,则情本体的出现就有了可能。此时,情本体就首先是作为经验世界之外、超越生死界限的混沌之态,而情之用从情之体中来也更合乎逻辑。因此,情在浑沌之态中的萌动以及在下落和复归中呈现其精神境界,是《红楼梦》在理情对话中展现情的纵向结构的一种主要形式。

---

① Martin W. Huang, "Sentiments of Desire: Thoughts on the Cult of Qing in Ming-Qing Literature," in *Chinese Literature: Essays, Articles, Reviews*, 20 (1998): 168 - 169.

② Martin W. Huang, "Sentiments of Desire: Thoughts on the Cult of Qing in Ming-Qing Literature," in *Chinese Literature: Essays, Articles, Reviews*, 20 (1998): 170.

③ "In his provocative study Liu xiaofeng elevates *qing* to the status of a new metaphysics, implying its transcendence over all traditional discourses." Zuyan Zhou, "Chaos and the Gourd in *The Dream of the Red Chamber*," in *T'ong Pao*, Second Series (87: 4, 2001): 266.

第三章 炼情补天：情与理对话结构中情境界的纵向复归

首先，在理之天的维度将"理"放入"情"的论域中展示情本体架构及其形上境界。从第一回石"静极思动"落堕情根、第二回"正邪两赋"所秉之气及第一、五回"无极太极之轮转"的文字来看，这个"天"具有理学之理本体的意蕴，因此相应的"理一分殊""理气先后""未发已发"即是题中之义。如在论及太极与万物关系时，朱子曰："太极只是天地万物之理……未有天地之先，毕竟是先有此理。动而生阳，亦只是理；静而生阴，亦只是理。"①朱熹关于"无极而太极"的观点契合《中庸》之引《大雅·文王》"上天之载，无声无臭"，即认为太极是无形无相的，无极只是太极的形容词和状态的表达。而人之性则从天地之性与气质之性的角度来阐发。所秉气质的清浊偏正的不同造成了人的善恶智愚。程朱理学的理范型经过周敦颐的构建、二程的进一步发挥和阐释，在朱熹那里已渐趋完善。诸多概念如道、理、象等都被融入这个结构中，如图3-1-1所示。

---

① 〔宋〕黎靖德编，王星贤点校：《朱子语类》卷第一，中华书局1988年版，第1页。

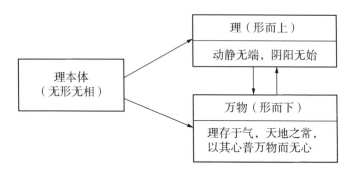

图 3-1-1　程朱理学之理范型结构示意

《红楼梦》承继了这样的思路：女娲补天废弃之石"无用""无材"，本身质朴粗蠢、不假修饰、寂然无为，在青埂峰上，混混沌沌、无思无虑，呈现情在形上的浑沌与未发之态；而及"自经锻炼""性却稍通""静极思动、无中生有"（第一回）时，经一僧一道幻化形体，挟至太虚幻境处交割，此为阴阳互动、感而遂通的情之发用；后随木石前盟及其他风流孽鬼下落红尘，经沉沦之苦、火坑之劫，悟到"美中不足、好事多魔、乐极生悲、人非物换"之生命至理，遂重返情之本体，形成"情情"的澄明境界。"情"的下落以及将"情种"遍及宇宙万物，此契合"理一分殊"之思维模式。而形上形下的划分，在第二十五回和尚所念的"天不拘兮地不羁，心头无喜亦无悲；却因锻炼通灵后，便

第三章 炼情补天：情与理对话结构中情境界的纵向复归

向人间觅是非"的禅偈中可以看到，《红楼梦》是将天和人间、红尘以及青埂峰与大观园的区分作为形上形下的区分。阴阳互动、气流行发育从而形成了形下之万物，这个思路与朱熹之理本体的架构基本上是一致的。如第三十一回湘云与翠缕讨论阴阳器物之理时所云："天地间都赋阴阳二气所生，或正或邪，或奇或怪，千变万化，都是阴阳顺逆。多少一生出来，人罕见的就奇，究竟理还是一样。"所不同的是，《红楼梦》构造了"情"在形上的浑沌与萌动之态，向下流转的过程即是"情"之分殊。据脂砚斋透露，曹雪芹在《情榜》中将红楼女儿皆以"情"来冠名，"情"在不同的人那里显现出不同的特征，并归于不同的"情"司（如"痴情司""结怨司""朝啼司""春感司"等），这在高鹗续书之第一百十一回《鸳鸯女殉主登太虚　狗彘奴欺天招盗》中也有详细的描述。但无论如何分殊，其"情种"都一样。"开辟鸿蒙，谁为情种"即在宇宙开辟时设定了"情种"的存在，随着"石-玉-石""情债-偿还-了结"复合线索的展开，"情"展示了发用流行并复归本原的过程，这个过程也被认为是"落堕情根"（第一回甲戌本脂批）。

按照马丁·黄（Martin W. Huang）和袁黄的观点，情本体具有"生生"的特点和超越的力量（transcendent power）。这一点与理学之理本体并无二致。但情本体的使用有诸多的优势：①在促使人的行为伦理化的方面，"情"比"理"更具效果①。②情之本体到情之发用更加自然与合乎逻辑。③情的意蕴有多种维度，既可以指个人之情，亦可指私情化公（public morality）；既可指形上本体域之情（ontological qing），亦可指形下社会道德秩序（the maintenance of social order）②。这样的情本体合法性的论证在明末清初屡见不鲜③。按照这种论证，理本体的结构就进入"情"的论域中得以体现，如图3-1-2所示。

---

① "This is why those rich in *qing* are sages; those good at using *qing* are wise men; those who have *qing* but who cannot follow *qing* are men of incompetence; those who use *li* to cover up their own pedantry and idiosyncrasy are ruthless men." Martin W. Huang, "Sentiments of Desire: Thoughts on the Cult of Qing in Ming-Qing Literature," in *Chinese Literature: Essays, Articles, Reviews* 20 (1998): 169 - 170.

② "This is why those rich in *qing* are sages; those good at using *qing* are wise men; those who have *qing* but who cannot follow *qing* are men of incompetence; those who use *li* to cover up their own pedantry and idiosyncrasy are ruthless men." Martin W. Huang, "Sentiments of Desire: Thoughts on the Cult of Qing in Ming-Qing Literature," in *Chinese Literature: Essays, Articles, Reviews* 20 (1998): 170.

③ 如冯梦龙《詹詹外史》；素政堂主人《定情人序》（试图提高"情"的地位用"定情"与程颢的"定性"的概念相关联）。同上书，第170-171页。

第三章 炼情补天：情与理对话结构中情境界的纵向复归

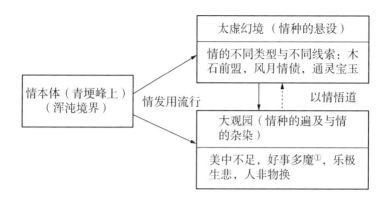

图3-1-2 《红楼梦》"情"之体用结构示意

其次,《红楼梦》试图用女娲神话的设定及其救世的功能来弥补形上之"天"中"情"的缺失。而"天"除以上理学意义上的理之天外,仍有以下含义:

(1)自然之天与至上神之天。女娲所补之天兼具自然之天与至上神之天的双重角色。女娲在小说中只是造物主(creator)和救世主(recreator)的合一①。石头神

---

① 如导论中所言,"魔",甲戌本、庚辰本皆作此字;己卯、蒙、戚诸本批语正文为"磨"。"好事多魔"应符合曹雪芹的原意,"磨"字可能是过录者篡误。"好事多魔"的意义也在于"魔即是道,道即是魔。果能炼魔,自能合道"(张新之:《红楼梦三家评本》,上海古籍出版社1995年版,第45页)。

② Liangyan Ge, "The Mythic Stone in Hongloumeng and an Intertext of Ming-Qing Fiction Criticism," in *The Journal of Asian Studies* (61:1, 2002): 62-63.

话重燃了人类童年时代石器文明以及母系氏族的旧梦，体现了洪水神话、补石创世、抟土造人的复杂结构③。由于这一时期"混沌"的思维模式和母性的崇拜意识，使得天命通过女神的形式表现出来，神性、神通、权能的"神迹"的显现体现了人类原先对万物有灵的信仰逐渐转向对至上神的崇拜。而"在至上神出现之后，天命崇拜更成为宗教崇拜的一种主要形式"④。这作为"天"的一种静态模式（至上神）的表达，与中国殷周之际天命观的人格神内涵有相通之处。虽然《红楼梦》讲求补天济世、利物利人的人事品格，讲求"世事洞明皆学问，人情练达即文章"的人情事功，但这不意味着抛弃了冥冥之造物主的地位。"天"的含义依然承接了自然之天与恣意降灾或降佑的敬畏系统的特点。《淮南子·览冥训》云："往古之时，四极废，九州裂；天不兼覆，地不周载；火爁炎而不灭，水浩洋而不息；猛兽食颛

---

③ 女娲传说最早见于战国《山海经·大荒西经》、战国晚期《楚辞·天问》等文献，《淮南子·览冥训》记载："女娲炼五色石以补苍天，断鳌足以立四极，杀黑龙以济冀州，积芦灰以止淫水。苍天补，四极正，淫水涸，冀州平，狡虫死，颛民生。"可见洪水、女神、石头、造人神话的逻辑统一。

④ 赖永海主编：《宗教学概论》，南京大学出版社2004年版，第98页。

第三章 炼情补天：情与理对话结构中情境界的纵向复归

民，鸷鸟攫老弱。"因此才有了女娲炼石补天和抟土造人的故事，"这种传说的最大特点是用人力来改造自然，用人力来补充自然"①。另外，幻形入世历经世态炎凉、悲欢离合，不是自然之天决定的，而是冥冥之造物主设定下的。如第一回甲戌本脂批曰："今而后，惟愿造化主再造出一芹一脂，是书何幸！"这里脂砚斋明确地将至上神表达为造化主，他决定着人与书的旦夕祸福。

（2）木石前盟的债命之天。"木石前盟"是一种前世约定，也是"思凡"而堕入红尘后"肇乎情"的前孽。业力轮回因情而缘起。一者施以甘露灌溉之恩，一者报以人间眼泪之债。第一回甲戌本旁批曰："佛法亦须偿还，况世人之债乎！"欧福拉尔瑞（Wendy Doniger O'Flahery）曾就此而论解脱缘起之说："记忆不灭，转世不息。万法之源，厥为情牵不断……业力推演肇乎情，转世重生亦始乎此。"②不仅如此，"石"与"木"

---

① 李学勤：《女娲传说与其在文化史上的意义》，见周天游、王子今主编：《女娲文化研究》，三秦出版社2005年版，第7页。
② Wendy Doniger O'Flahery, *Dreams, Illusions and Other Realities* (Chicago: University of Chicago Press, 1984), 225; 227.

的联盟将不同的故事集合在了一起。一为"静极思动"欲要在形下世间经历回环的"命",一为欲要了结一番风月前盟的"债"。"债"和"命"的集合,看似矛盾,实则统一。"落堕情根"之灵石和"以泪还债"之草木的合一,无论是主动思凡还是被动还债,都暗示了"到头一梦、万境归空"的必然。"天"的意义在这里呈现出超验的谶纬结构。有学者认为,西方的形而上学话语破碎之后走向了虚无的荒谬,中国文化却没有一个形而上学传统,这使中国人在本己的言说断裂以后浸润在回归大荒的渺渺茫茫中①。这种对中国形而上学传统否定的论断未必正确,但道与浑沌的模式使得天成为不同于西方形而上学的一种特殊的存在。木石前盟的债命天网是否亦构成了形而上的存在进而体现人天互动抑或断裂的复杂关系,是《红楼梦》中别具一格的问题。

此外,"石-玉-石"的结构是理之天与债命之天的必然逻辑,其本身也体现着理的特性。倘从"情"的

---

① 陈春文、关羽鹏:《渺渺茫茫兮,归彼大荒》,载《飞天》,2001年第2期。

第三章 炼情补天:情与理对话结构中情境界的纵向复归

角度出发,无论是至上神之天还是债命之天,都含有一种内在的统摄性、控制性与本体性,都具有理的特性。我们发现,天的多重维度中都显示了"情"的缺失,这个与中国传统哲学中"情"作为主体线索的隐藏有关。另外,在《红楼梦》所构建的形上之理的框架中,作为造物主与救世之神的女娲与司掌木石情债的命运之神警幻仙子具有与"帝""上帝"等人格神不同的特征,体现了情的萌动:①女性的温情与救世。"救世之神(女娲) - 命运之神(警幻仙子) - 命运之神(贾母) - 救世之神(刘姥姥)"①的圆圈循环显示了阴性对命运的拯救与对境界的提携。其温情脉脉、以柔克刚的形态与理性的、不可捉摸的"帝""天"异趣。②对"生"的强调。生命的创造是女性崇拜的自然结果,契合中国"生生之谓易""天地之大德曰生"(《易经·系辞》)的好生精神和阴性文化。女性与生的文化又有与人间温情相联系,因此,石头下凡乐极生悲才有可能。而"情"

---

① 梅新林:《红楼梦哲学精神》,华东师范大学出版社 2007 年版,第 20 – 21 页。

的观念与"生生"相联系揭示了本体流动不息的特征①。③循环式的互动结构。"帝""上帝""天"的命令传达是单向性的,恣意降灾或降佑,人只有被动地接受。"天之方虐,无然谑谑"(《诗经·大雅·板》)。女性的至上神在给人生命的同时又处处引导人、点醒人,"太虚幻境""大观园"就是以这种独特的形式来阐明悲剧意蕴的。

从这个侧面可以看到,《红楼梦》试图设定女性的至上神的地位来弥补传统意义上"帝"的冷酷性、单向性与恣意性。对至上神性别的反思以及对"生"之绵延的强调是小说借以表达"以情补天"的重要方式。以上对"天"的多重维度的阐发(理之天、自然之天、至上神之天、俵命之天等)说明《红楼梦》将"情"提高到形上本体维度并展示其浑沌境界,这是面向传统形而上学所做的哲理关照,对于揭示中国哲学中隐藏的情学线索与内在精神有着重要意义。

---

① Martin W. Huang, "Sentiments of Desire: Thoughts on the Cult of Qing in Ming-Qing Literature," in *Chinese Literature: Essays, Articles, Reviews* 20 (1998): 168.

第二节　形下之情：理情冲突与悲情境界

《红楼梦》在谶语语境中展现了形下世界的理情冲突，在悲情情境下追寻杂染世界中的诗意境界，并通过这种悲情与诗意的纠葛追问形而上学的问题。落堕情根之石"炼情补天"来扭转"以理杀人"的生存境遇和工具理性，借用并回应了女娲炼石补天的母题。"落堕情根"（第一回甲戌本脂批）意味着杂染世界中时命、天命、人命的冲突以及无常和常的纠缠，但是"情"在这样的杂染中却试图追求一种诗意的栖居，这两者之间的矛盾展现了"情"在谶命与工具理性的现实中所体现的"悲情"与"诗意"的双重内涵。

谶语是《红楼梦》情节铺陈与哲理启迪的重要形式。谶语语境下的谶命也是"理"或天命的一种表现形式，它造成了形下世界中"情"与"理"之间的紧张。在儒教工具化的背景下，"情"被认为是种欲的释放甚至是"淫"的代名词。但是，《红楼梦》却明确而大胆地用"意淫"来表现情与淫的哲学①。如第六十六回《情小妹耻情归地府　冷二郎一冷入空门》回前批曰："余叹世人不识情字，常把淫字当作情字；殊不知淫里无情，情里无淫，淫必伤情，情必戒淫，情断处淫生，淫断处情生。三姐项下一横是绝情，乃是正情；湘莲万根皆削是无情，乃是至情。生为情人，死为情鬼，故结句曰：'来自情天，去自情地。'岂非一篇尽情文字？再看他书，则全是淫，不是情了。"与曹雪芹同时代的戴震在其《孟子字义疏证》中指出："理也者，情之不爽失也，未有情不得而理得者也。""今以情之不爽失为理，是理者存乎欲者也。""人死于法，犹有怜之者；死

---

① 有人把"意淫"理解为与"皮肤滥淫"对立的意念上的淫，有人认为这体现了对女性的尊重。见陈万益：《说贾宝玉的"意淫"和"情不情"——脂评探微之一》，载台湾《中外文学》，1984年第12卷第9期。

第三章 炼情补天：情与理对话结构中情境界的纵向复归

于理，其谁怜之！"①由此可见，理学之"理"被工具化后产生了相当大的负面效应，其中之一即是"理"成为一种杀人工具而"情"被视为滥淫并被边缘化。这就成为一种礼教而束缚了人们的日常生活。但我们还应该注意到，《红楼梦》在反对工具化理性和吃人礼教的同时，也谨慎地区分情与滥淫，避免将情引入本体高度时引起负面效应。这一点在第一回曹雪芹即已鲜明批判："更有一种风月笔墨，其淫秽污臭，涂毒笔墨，坏人子弟。"

另外，"落堕情根"本身就意味着情要受到工具化之"理"与"礼"的制约，其有限性在下落的当下即已明确。如第一回，那道人道："原来近日风流冤孽又将造劫历世去不成？"甲戌本脂侧批："苦恼是'造劫历世'，又不能不'造劫历世'，悲夫！""情根"的下落遭到世间之工具化理性的制约，被视为"造劫"。"情"由未发到已发的状态的转变就必然会受到现实性上的

---

① 《孟子字义疏证》卷上《理》，见《戴震全书》（六）。关于戴震"情"与"理"关系的讨论，见罗雅纯：《朱熹与戴震孟子学之比较研究——以西方诠释学所展开的反思》，秀威资讯科技股份有限公司2012年版，第198－235页。

"染污",而染污就是一种规范与规则的限制。问题是,这种规范与规则并不能一直都符合人的真情真性("情根"),即便是它(理)一时成为一种"约定俗成",但这种"约定"会逐渐变得守旧。曹雪芹在第一回写"落堕情根"之后,就从这个"风俗""人情""势利"入手,用双关的手法来表示程朱理学之"理"与"礼"在后期的一种僵化。因此,"造劫历世"表面上是写"情根"下落被染污的命运,实际上它是对理学末流的一种深层次的反省,从而在情理冲突的现实性上向上追溯形而上学的问题。

"落堕情根"在面对天的多重维度的规定时试图寻找诗意的生命之居。然而谶语与棒喝的引导警示,使石头幻象在将醒未醒中逐渐认清人生本相和自身本源,同时大观园的毁灭使情理的冲突凸显。这成为《红楼梦》构筑诗的世界的一个动因。如前半书《情切切良宵花解语 意绵绵静日玉生香》《秋爽斋偶结海棠社 蘅芜苑夜拟菊花题》《琉璃世界白雪红梅 脂粉香娃割腥啖膻》《憨湘云醉眠芍药茵 呆香菱情解石榴裙》等章回就体现了这种形下情理冲突中情的诗意境界。基于此,脂批

第三章 炼情补天：情与理对话结构中情境界的纵向复归

第一回即已点明"作者亦有传诗之意"。这一点非常明确地体现出"诗"在"情"境界表达中的地位。

"情情"范畴在脱离"浑沌"之境后，则以诗情画意的图式和幻境表现出来。"桃花社""海棠社"的诗社夜宴，"憨湘云醉眠芍药茵"的美女眠图，"元春、迎春、探春、惜春"大家闺秀之春夏秋冬的排序①，"抱琴、司棋、侍书、入画"丫头之琴棋书画的寓意，"蓼汀花溆、藕香榭、紫菱洲、怡红快绿"之花榭楼阁的艳名……诗意的境界是"情情"境界在红尘中的表达。"花"的意象与"诗"的情境也是曹雪芹对人之为人所应该有的生活方式的设计。

---

① 斯高特（Mary Scott）指出《红楼梦》受《金瓶梅》的影响，借鉴了花的意象来给女性起名，"红楼梦的作者似乎像金瓶梅一样，用一年四季的花和植物的名字来指称女性"。见 Mary Elizabeth Scott, *Azure from Indigo: Hongloumeng's Debt to Jinpingmei* (Princeton: Princeton University Ph. D. Dissertation, 1989), 90.《红楼梦》中花的意象与人物的关系的论述可参见 Chi Xiao, *The Garden As Lyric Enclave: A Generic Study of The Dream of the Red Chamber* (St. Louis: Washington University Ph. D. Dissertation, 1993), 210; David Hawkes and John Minford, *The Story of the Stone* (Harmondsworth, Middlesex: Penguin Books, 1986), introduction; Lene Bech, "Flowers in the Mirror, Moonlight on the Water: Images of a Deluded Mind," in *Chinese Literature: Essays, Articles, Reviews* 24 (2002): 99–128.

但这些诗意情节都是基于"诗谶""戏词""卜筮""曲文"的谶语语境。一些回目如《听曲文宝玉悟禅机 制灯谜贾政悲谶语》《西厢记妙词通戏语 牡丹亭艳曲警芳心》《魇魔法叔嫂逢五鬼 通灵玉蒙蔽遇双真》等都给出了"情情"在形下世间诗意情境的警幻。我们认为,大观园相对纯净的世界时刻面临被污染和毁灭的命运,诗意的空间只能是暂时性的构设。后半书《惑奸谗抄检大观园 矢孤介杜绝宁国府》《凸碧堂品笛感凄清 凹晶馆联诗悲寂寞》等就是这种诗意理想毁灭的写照。因此,理的逼迫使人力陷入无奈而无可挽回,但情的弥补则使现实的严酷性中呈现出诗意的境界,这在《葬花吟》《菊花诗》《螃蟹咏》等诗词歌赋中可以明显地看到。至此,我们可以看出整个过程具有这样的逻辑结构:情从"情情"的浑沌之境向杂染形下世界流转下落时受到时命的限制而转入悲情境遇,在理情冲突中试图建立"情情"的诗意情境,进而实现杂染向纯净的还灭与回归。

另外,《红楼梦》之情境界在理情冲突中也展现了悲情的境界。这其中有时间上前后对比强烈而突出悲剧主题的章法,有时命上追求人的自由尊严而伤时骂世的

第三章 炼情补天:情与理对话结构中情境界的纵向复归

抗争,亦有理想现实间谶语预示与人的抗争的冲突。而基于这些因素的悲剧主题的形成,"是在代表中国文化精神和文学艺术传统的演变下集其大成而成的"①。离开了这种悲情的背景,《红楼梦》情境界就失去了其震撼的力度和强有力的形下支撑。毋宁说,悲情本身即是情境界,具体而言,表现在以下几个方面。

一、"情"流转还灭的扭曲与阻隔使悲情在逻辑上成为可能

《红楼梦》用"痴情司""结怨司""朝啼司""夜怨司""春感司""秋悲司"等对"情"进行分解和归类。"悲""苦""哭""葬"等字眼在《红楼梦》中也都俯拾皆是。而这种悲剧性是建立在纯净圣洁的毁灭基础上的。如第七十八回《芙蓉女儿诔》以祭奠晴雯的契机来歌颂天下女儿:"其为质则金玉不足喻其贵,其为性则冰雪不足喻其洁,其为神则星日不足喻其精,其为

---

① 王勉:《文学传统和〈红楼梦〉悲剧主题的形成》,见中国社会科学院文学研究所红楼梦研究集刊编委会编:《红楼梦研究集刊》(第11辑),上海古籍出版社1983年版,第141页。

貌则花月不足喻其色。"胡适在这里认为，这样的至善的毁灭不能不是种悲剧，它打破了中国传统的团圆迷信，成为最诚挚最深沉的表达而纳入一种至诚高尚的同情中。①

"情"的下落，使世间万物内在具足"情种"。按照"情种"的释义，"情"的分殊不仅是鸿蒙开辟后万物分享情后所呈现的灵性，同时也是这种灵性主观视阈中所反照的情。但由于诸法的污染，"情"的流转受到扭曲，"情"由超越悲喜对待之境转为悲情，而"情"由杂染的"情不情"向"情情"提升的工夫受到世间有限性的阻隔。这种普遍的悲情在《红楼梦》中集中表现在"情""礼"冲突上，悲剧性也是理想与现实之间冲突的体现，这与魏晋玄学时期的"情""礼"冲突的状况是一致的。

---

① 严云受编：《胡适论红学》，安徽教育出版社2006年版，第185页。

第三章 炼情补天：情与理对话结构中情境界的纵向复归

二、曾经与现在的强烈对比使悲情在时间上得以延续

无常和常的矛盾在时间的延续性中得以展现，这也是悲剧的根源所在。《红楼梦》敏锐地看到"无常"的来临，"喜荣华正好，恨无常又到"，因此"须要退步抽身早"（第五回）。悲剧来自大观园理想的幻灭。幻灭前后的对比基于时间："有一个重要因素使大观园的继续存在不可能……就是：'时间'。"①世间唯一不变的是"变"，虽然情作为缘当下即是幻、即是空，但时过境迁也不是不可以作为"情即幻"的一种解释。时过境迁给人的空虚悲凉的无常感觉可能是最直接的。正如《好了歌》，这样的强烈对比警醒人们时过境迁与诸法实相的道理，而悲情依赖时间在于非人力的必然性。大观园的大多数人并未明了无常的真谛，只沉迷在世俗诸法上来避开对现实的思考。对于时间的麻木使这些悲剧人物在灾难突然降临时显得格外脆弱。这样的悲剧才意味深

---

① 宋淇：《论大观园》，载香港《明报月刊》，1972年第9期。

长、感人至深、发人深省。《红楼梦》用时间的艺术性很好地表达了有常与无常间的悖论。贾府历史的发生、成长、成熟、衰亡的展开从内在显现出主观上希望有常但客观上却是无常之间的矛盾。

三、木石前盟与金玉良缘使悲情在时命维度上具有意义

第一回绛珠仙草"离恨天""灌愁海"的隐喻已经说明了"以泪还泪"的必然性,而木石前盟与金玉良缘的时命安排更是定下了悲剧基调。非人力的必然性使得大多数人只能在有限空间里寻找命运与人为的平衡点,在妥协中求得灵魂的暂时此在。第七十八回《芙蓉女儿诔》"花原自怯,岂奈狂飙;柳本多愁,奈何骤雨"暗示了天下女儿命途多舛的事实。《葬花词》以花在风雨摧残中飘零凋落来比喻林黛玉红颜薄命、高洁自守而被恶劣环境所不容以致早夭的时命逼迫。面对金玉良缘与木石前盟的时命,"贾宝玉最后做和尚的结局,也是注定了的","'悬崖撒手'云云,不只是曹雪芹的创作意

第三章 炼情补天：情与理对话结构中情境界的纵向复归

图，而是后半部确有这一回文字"。① 周策纵在这一点上认为，"拒绝金玉姻缘，坚持要木石姻缘，实是集中具体而微地冒出痴情对分定的抗议，这个矛盾、冲突和挣扎，正是《红楼梦》悲剧的重心"②。主角个性的缺陷、心理的扭曲以及社会的逼迫，这些因素在《红楼梦》中都可以找到。另外，时命也成为一种天命。"若大仁者则应运而生，大恶者则应劫而生。运生世治，劫生世危。"（第二回）但在这样"昌明隆盛之邦"（第一回）的应运之世，木石前盟与金玉良缘的时命冲突是悲情情境的一个重要方面。在"以理杀人"成为明清之际士人反对理学末流的共同话语时，人的价值自由、尊严个性就成为悲剧语词掩饰下的自然表达。这时，伤时骂世的警醒方式就是反对时命的一般形态。

---

① 林冠夫：《红楼梦纵横谈》，文化艺术出版社2003年版，第224-225页。
② 周策纵：《红楼梦案——周策纵论红楼梦》，文化艺术出版社2005年版，第113页。

四、理想现实间谶语预示与人的抗争使悲情在生命维度上挺立尊严

谶语是《红楼梦》布局与穿针引线的重要章法。红楼人物的命运在"三春去后诸芳尽,各自须寻各自门"的冥冥中陷入一种悲剧的设定中,而预示这些人物命运的谶语体现了一种天命观。卢西恩·米勒（Lucian Miller）曾借用海德格尔用以指称一种本原的骚动不安的存在状态的术语"现身情态"来阐释"沉沦","沉沦"被抛误入红尘是一种由无向有的跌落。① 在"沉沦"的情境中人们失去了自由选择的能动性,从而沦为忘却自身存在的"非此在",谶语成为预示这种"沉沦"的一种重要表现形式。笔者认为,这种表面上支配、制约人心灵和行为的"无形的手"恰恰是造成悲剧的深层次原因。谶语是体现社会历史必然性与价值理想的虚拟存在,而人的抗争使这样的不可能境遇体现出可能性来。

---

① 参见陈维昭：《红学通史》（上），上海人民出版社2005年版,第332页。

第三章 炼情补天:情与理对话结构中情境界的纵向复归

因此,谶语力量的意义不仅体现在让这样的至善陷入困顿与毁灭中,更体现在为争取更加广阔的生存与自由的空间而与命运抗争的生命维度中。于是,人的尊严与自由在悲情视阈下挺立了出来,体现了情的境界。

以上多元维度的发微使得悲情成为形下世间呈现情的境界的重要形式。"情"是人性中原始的冲动和洪流,这样的冲动作为和合生存世界的精神而挺立,使得"情"流行超越、绵延不断。但"以理杀人"使流露本真的"情"受到扭曲而陷入窘境,因而"曹雪芹《红楼梦》的'补情'之说,是对情的长期缺席的艺术思索和个性抗议。历史呼唤情的历史新生,呼唤情的历史世界"[1]。

---

[1] 张立文:《和合哲学论》,人民出版社2004年版,第121页。

第三节　以情融理：无情之情与情情复归

把石头作为线索，似乎是明清小说中惯用的叙事手段，但到了《红楼梦》这里变得更为清晰，主题价值追寻更为明确，"离开与回归，既是《红楼梦》的叙事结构，又是其意义结构"①。"这一本源，就是作品中的天界，也就是无限的宇宙自然。它是生命产生的根，又是

---

① 王达敏：《何处是归程：从〈红楼梦〉看曹雪芹对生命家园的探寻》，大象出版社1997年版，第20页。

第三章 炼情补天：情与理对话结构中情境界的纵向复归

生命去远行的出发点和归宿。"①而夏志清《〈红楼梦〉里的爱与怜悯》又进一步指出："从离开与回归的整体结构考察，作品却具有明显的大团圆特点。"②叙事结构和意义结构的循环思路体现了否定之否定的必然逻辑以及《红楼梦》"情"的流转还灭与境界的纵向嬗变的同一性。如第二十五回道人驱魔魇时感叹石头的这番经历："粉渍脂痕污宝光，绮栊昼夜困鸳鸯。沉酣一梦终须醒，冤孽偿清好散场。"甲戌本侧批："三次锻炼，焉得不成佛作祖？"所以，回归后的"情"才是脱离善恶对待、超越悲喜千般的真实之境。

这时，"情"经过形下历练后展示出的是"情情"的无情之情。"情"围绕"石－玉－石"结构则有"先验之情－世情－情情"的内在骨架。按照第二十五回

---

① 王达敏：《何处是归程：从〈红楼梦〉看曹雪芹对生命家园的探寻》，大象出版社1997年版，第25页。另外，《〈红楼梦〉中的神石与明清文本小说批判》一书也认为《西游记》《金瓶梅》《水浒传》《石点头》《五色石》等17世纪、18世纪小说为《红楼梦》之石头神话和线索提供了文本来源。见 Liangyan Ge, "The Mythic stone in Hongloumeng and an Intertext of Ming-Qing Fiction Criticism," in *The Journal of Asian Studies*（61：1, 2002）: 58 – 59.

② 夏志清：《〈红楼梦〉里的爱与怜悯》，载《现代文学》，1966年第27期，第32页。

"天不拘兮地不羁,心头无喜亦无悲;却因锻炼通灵后,便向人间觅是非"的逻辑,"情"首先是无喜无悲的先验状态,经情的磨砺之后返回至"情情"的超越悲喜的状态。而后者是复还本质后的无情之情,其本身是以情融理的尝试性结构。所谓以情融理,并非是将情、理完全模糊混同,而是将理的特性及架构转换入情的论域中,在"自然""虚无""复归"上呈现出二者的相通性。具体而言:

(1)在自然意义上,"情情"显示出了以情融理的特性。何善蒙在其《魏晋情论》中认为魏晋之"情"具自然之义,其"情即自然"论蕴含"自然是本体－情即自然－情即本体"的三段论逻辑。[①] 我们认为,《红楼梦》经"情"的嬗变而出现"情情"境界时,"情情"之"情"的叠用已经不是情的发用,而是更接近于"性"之自然特性的表达。这一点与《郭店楚简》之"道始于情,情生于性"的性情观是相近的。《国语·周语上》也说:"先王之于民也,懋正其德,而厚其性。"

----

① 参见何善蒙:《魏晋情论》,光明日报出版社2007年版,第33页。

第三章 炼情补天:情与理对话结构中情境界的纵向复归

(韦昭注:"性,情性也。")《淮南子·本经训》曰:"天爱其精,地爱其平,人爱其情。"(高诱注:"情,性也。")①"情情"从青埂峰上浑沌自然而降,情最接近于性,情的发动即是道的开始;另外,经"情"的发动流行,最终又回归到"情情"上。其不仅有自然的特征,也具有理的含义。二程《天地篇》曰:"天之所以为天,本何为哉?苍苍焉耳矣。其所以名之曰天,盖自然之理也。"②虽然在朱熹那里情是性的发动,性是理在主体上的存在,"理者,天之体;命者,理之用。性是人之所受,情是性之用"③。但就自然之特性而言,"情情"已经不同于发用之"情",而是更侧重于本性和先天之理。这个发用并非时间上的先后,而是逻辑上形上形下之分殊。因此,"情情"发用之先与复归之后都是形上的指称。

---

① 关于性情在先秦中的诸多含义以及与程朱理学中性情观的不同,见王倩:《朱熹诗教思想研究》,北京大学出版社2009年版,第175—184页。
② 〔宋〕程颢、程颐著,王孝鱼点校:《二程集》,中华书局1981年版,第1228页。
③ 〔宋〕黎靖德编,王星贤点校:《朱子语类》卷五,中华书局1994年版,第82页。

（2）"情情"展示了本体自虚的特征，与理之体有相通性。甲戌本脂批第一回眉批云："以顽石为偶，实历尽风月波澜，尝遍情缘滋味。"回末又云："出口神奇，幻中不幻。文势跳跃，情里生情。"这里，幻中有幻、情中有情、梦中有梦的回环与叠词用法在一些回目中也有反映，如甲戌本第五回《开生面梦演红楼梦　立新场情传幻境情》、梦稿本第三十四回《情中情因情感妹妹　错里错以错劝哥哥》等。如前所述（第一章第四节），"情情"的叠词用法不仅有凸显人物特点、深化小说主旨、构建多维世界的作用，更具有以情捨情、以空捨空的双遣与遮诠的哲学内涵。这种双遣使其剥离了物之具象性而进入一种自虚的状态。《离尘歌》所说的"我所居兮，青埂之峰。我所游兮，鸿蒙太空。……渺渺茫茫兮，归彼大荒"即是证明。实际上，用叠词来表达双遣和自虚的方式在道家和宋明理学的术语中屡见不鲜。而自虚则表现为无体或无形。宋人黄裳在论及二程"道无体"[①]思想时说："道无体也，搏之不得且无所由

[①]〔宋〕程颢、程颐著，王孝鱼点校：《二程集》（上册），中华书局2004年版，第132页。

第三章 炼情补天：情与理对话结构中情境界的纵向复归

也，无所居也，无所行也，无所止也。"①虽然理与道在二程那里存在着不同②，但是在自虚这一点上是相通的。因此，"情情"的双遣结构与"玄之又玄"所展现的自虚具有一定的关联性。

（3）从复归上言，"情情"和理本体都具有回环往复的结构特征。情情、茫茫、渺渺、空空这种形式不仅是形上思辨上的不断追溯，也是回环往复中浑沌的复归。梅新林在其"游仙模式与道家生命哲学"一章中直接认为《红楼梦》石头回归神界母体的生命历程相当于老子的"玄牝之门"与庄子的母系大同世界，且《红楼梦》的"太虚幻境"与《庄子·知北游》的"是以不过乎昆仑，不游乎太虚"名相当而实相类。③在此，"情

---

① 〔宋〕黄裳：《演山集》卷五十三《杂说》。
② 我们可以从"理便是天道"的角度讲，但二程那里天道与理的差异还是明显的。如理有善恶，而道没有善恶；从认识和理解"理"与"道"的方法上，"理"需体和象来明晰，而"道"则需"无思"来体悟。二者的不同可参见吕变庭：《程朱理学与理范型》，中国社会科学出版社2008年版，第101-104页。
③ 参见梅新林：《红楼梦哲学精神》，华东师范大学出版社2007年版，第260-261页。

情"的复归至少具有两方面的含义：①主体实践性的复归①；②时间推移中本体的复归。所谓"主体实践性的复归"在于历遍情缘之滋味后，贾宝玉、宝玉、石头"三位一体"向原初清净的一种主观境界的回归；"时间推移中情本体的复归"侧重于客观上"情情"经过杂染之后回归形上世界的过程。在程朱理学中，"天理"也是一种原始反终的循环，如二程说："《中庸》始言一理，中散为万事，末复合为一理。"②"天下之理未有不动而恒者也。动则终而复始，所以恒而不穷。"③因此，"情情"之第二种意义上的复归与程朱理学之理本体的"原始反终"有共通性，而"情情"第一种含义之主观境界的复归依附于本体的复归。

除以情融理之外，"情情"亦反映了道家清静无为、

---

① 司马永光认为老子复归思想具有两种特征性：①人的内在主体实践性的复归；②不完全的"今"向完全的"古"的复归。本书认为这两种特性也合乎"情情"的回归模式。关于这两种特性参见梅新林：《红楼梦哲学精神》，华东师范大学出版社2007年版，第260页。
② 〔宋〕程颢、程颐著，王孝鱼点校：《二程集》（上册），中华书局2004年版，第140页。
③ 〔宋〕程颢、程颐著，王孝鱼点校：《二程集》（下册），中华书局2004年版，第862页。关于程朱"天理"的发展及其"母型"，参见吕变庭：《程朱理学与理范型》，中国社会科学出版社2008年版，第98页。

第三章 炼情补天：情与理对话结构中情境界的纵向复归

从乎自然的宗旨以及佛教摆脱烦恼、自我解脱的特点。道家强调无欲与素朴，限制情欲顺于自然以达到"真人""至人""神人"的境界。如成玄英在《德充符疏》中讲"无情之情"时曰："庄子所谓无情者，非木石其怀也，止言不以好恶缘虑分外，遂成性而内理其身者也。何则？蕴虚照之智，无情之情也。"①无情之情并不等于没有感应，而是指真性、真情，这与是非好恶缘虑分外之情相对。无滞于情，因而能够性成道明。这一点，《红楼梦》所寓之复归之石的"情情"境界（此时为无情之情）或与之相一致。这一点将在后文第四章第三节论述。

另外，佛教将"情"分为几个层次，如凡夫之情、慈悲之情与无缘之情，但更加强调"情"超离于三界，由"有漏"转向"无漏"而摆脱烦恼得解脱。"一切众缘力，诸法乃得生"②，"若无余缘，法不生故"③。此亦是一种大情的境界，在"常乐我净"中离诸漏行，实现无缘的解脱。复归后的"情情"作为一种了结情缘的无

---

① 强昱：《从魏晋玄学到初唐重玄学》，上海文化出版社2002年版，第315页。
② 《阿毗昙心论》，见《大正新修大藏经》（第28册），第810页中。
③ 《阿毗达摩大毗婆沙论》卷三十九，见《大正新修大藏经》（第27册），第199页下。

情状态，以自我消融的精神显现了形上玄境与澄明，它的这种境界以美善的意蕴和玄妙的境界传达出复还本质后的解脱和超越。

我们发现，无论是"情"境界的横向嬗变还是纵向提升，都展现出"情情"在这个过程中的重要作用。"情情"范畴已经超离了林黛玉以情观情、以情示情的字面解读，而显示出丰富的哲学内涵。对它的分析，将是展开《红楼梦》哲学情境界研究的关键。因此，作为《红楼梦》情境界的高级阶段和核心范畴，"情情"的结构和形态是怎样的？"情情"范畴如何体现道家的自然无为境界和禅宗自由解脱的精神以及展开儒佛道视阈下的对话结构？下一章将重点围绕"情情"范畴来探讨其蕴含的庄子齐物思想及禅的解脱精神，以此来管窥"情情"境界的内涵及其对儒佛道三教思想的吸收和融合。

第四章

情情境界：
情与梦对话结构中澄明与诗意的和合之境

"情"经横向嬗变和纵向复归后形成了"情情"境界。"情情"范畴除了第二、三章所论述的情空相即、以情融理的内在逻辑外,也与庄子哲学和禅的解脱思想相贯通,并展示了情情复归后与"梦"的沟通。① "在清王朝压抑的氛围下,'情'在'梦'中的呈现显然比晚明前辈更具颠覆性。"②作为《红楼梦》哲学的核心范畴之一,"情情"在智愚、真假、好了的辩证中显现出"情情"的境界形上域(浑沌、无无、无用、无情之境),这就使《红楼梦》从庄子哲学的角度深入到人之本真和存在价值方式的层次中。另外,"情情"在第二十二回通过禅偈曲文等形式,传达出"赤条条来去无牵挂"等无念、无住、无相的解脱精神,反映出禅宗当下一念心的解脱观对《红楼梦》境界的影响。本章试图从

---

① 关于"梦"作为《红楼梦》哲学的旨归,见 Jeannie Jinsheng Yi, "Dream as Representation of Allegory: The *Roman de la Rose* and *Hongloumeng*", in *The Dream of the Red Chamber: An Allegory of Love* (New Jersey: Homa & Sekey Books, 2004), 152 – 172.

② "Given the oppressive ambience of the Qing dynasty, the *qing* presented in *The Dream* was apparently charged with much stronger subversive intent than was the case with its late Ming predecessors." Zuyan Zhou, "Chaos and the Gourd in *The Dream of the Red Chamber*," in *T'oung Pao*, Second Series (87: 4, 2001): 267. 关于本章"情情"范畴的哲学内涵及与庄子哲学思想关系的论述,亦可参考高源:《〈红楼梦〉的庄子观及其"情情"视阈下的齐物境界》,载《沈阳大学学报》,2010年第22卷第6期。

第四章 情情境界：情与梦对话结构中澄明与诗意的和合之境

"情情"范畴所蕴含的庄禅思想以及它与"梦"形成的对话结构出发，来层层分析"情情"境界的多重内涵，并在形上域与形下场两个维度上来解读"情情"范畴的哲学意蕴，进而以"情情"境界所呈现的梦的意境和宇宙视阈来综合全书。

第一节　境界形上域：情情境界与庄子之道

《红楼梦》大量融摄了庄子术语和哲学思想。两者之间的关系已成为学界的共识。而从"情情"范畴出发来看庄子思想的影响是深入"情情"境界内涵的重要途径。"情情"作为黛玉的判词出现于甲戌、庚辰、己卯等脂批之中①,它不仅揭示了黛玉"以情观情、以情示情"的特征,也作为《红楼梦》全书的关键范畴与线索贯穿始终,并最终显现于后文《情榜》中。虽然"情情"范畴揭示了《红楼梦》的重要情节并对《红楼梦》哲学思想及文本的研究都有重要价值,但是它本身的哲学内涵却难以界定。除了脂批"以情观情、以情示情"的简单诠释外,并无实质上的哲学界定。究其原因,似有:①"情情"不仅是后文《情榜》的核心范畴,亦是全书的高级境界。若贾宝玉"情不情"有"惟心会而不可口传,可神通而不能语达"(第五回)的特征,则高于"情不情"境界的"情情"自然是自我的超越和消解,不能界定。②"情情"的模糊性使其成为一种特殊手法,从而与《红楼梦》"一击两鸣""烟云模糊"(第一回)的庄周笔法相照应。③"情情"本身是浑沌

---

① 如第十九回庚辰本云:"后观《情榜》评曰:'宝玉情不情,黛玉情情。'"第二十八回脂批云:"'情情'!不忍道出'的'字来。""'情情'本来面目也。"虽然脂批曾释"情不情"曰:"按警幻情榜:宝玉系'情不情'。凡世间之无知无识,彼俱有一痴情去体贴。"(第八回眉批)但对"情情"范畴没有明确的界定,却云:"此二评自在评痴之上,亦属囫囵不解,妙甚!"(庚辰本第十九回)。

第四章　情情境界：情与梦对话结构中澄明与诗意的和合之境

的摹状，其玄冥之境和复归之情"不可道"①。因此，这种"不可道"之"情情"的多重意蕴展示出与庄子之道的关联。

庄子之道不仅是形上域之境界追求，也是生存域中的理想。牟宗三等曾将这样的形上之境定性为境界形态的形而上学。② 也有学者将"境界形上学"界定为"对形上存在的觉悟"，认为觉悟渗透了主体性的内容和境界的含义。③ 但"觉悟的主体"内在隐含了一种危机，即觉悟的当下即有"主体"的存在。这与境界形上学要否定的那个主体相矛盾。事实上，庄子之道与《红楼梦》"情情"范畴同是一种自我消解，其"模糊"和

---

① 周祖炎认为像"情情""茫茫""渺渺"等复合词不仅有押韵、拟声的意味，也有玄妙与隐晦的混沌意思，这个描写本初浑沌状态的词在《淮南子》《庄子》中不乏其例。Zuyan Zhou, "Chaos and the Gourd in *The Dream of the Red Chamber*," in *T'oung Pao*, Second Series (87：4, 2001)：255－258.

② 牟宗三在《才性与玄理》中说："吾确信，凡属形上学最后皆当总归于道德宗教之形上学，即植根于道德宗教而安住道德宗教之形上学。而道德宗教之形上学最后必归于主观性之花烂映发，而为境界形态。"参见牟宗三：《才性与玄理》，见《牟宗三先生全集》（二），联经出版事业公司2003年版，第307页。

③ 宁新昌：《论魏晋玄学中的"自然"境界——以王弼、嵇康、郭象为例》，载《孔子研究》，2009年第1期，第50页。

"自虚"的合一性体现了自尔的特征。因此,"情情"至"无无"之境时,主体的泯然与浑沌是自然的结果。所以,"情情"与庄子之道作为境界形上学是泯然主体性的,即"有我之境"与"无我之境"的共同消解。此时,《红楼梦》之"情情"范畴通过其形上自虚的视阈表达了庄子的浑沌观、无无观、无用观和无情观,呈现了庄子之道的境界形上域。具体言之:

一、"情情"玄冥之境与庄子浑沌观

"情情"形上域中的玄冥之境(青埂峰上)展现了庄子的浑沌观。庄子云:"泰初有无,无有无名……合喙鸣;喙鸣合,与天地为合。其合缗缗,若愚若昏,是谓玄德,同乎大顺。"(《天地》)这种黯然是与天地合的自然状态。故"道行之而成,物谓之而然"(《齐物论》)。庄子又将这种玄冥的自然之态以浑沌的人格化寓言展现出来:"南海之帝为儵,北海之帝为忽,中央之帝为浑沌。……儵与忽谋报浑沌之德,曰:'人皆有七窍以视听食息,此独无有,尝试凿之。'日凿一窍,七日而浑沌死。"(《应帝王》)这样的浑沌观同时也隐喻

第四章 情情境界：情与梦对话结构中澄明与诗意的和合之境

了另一种含义，即违背混沌的自然之性而修之以文饰是一种愚蠢的做法，但世人却认为这种文饰是"智"，浑沌而自然之态则是"愚"。庄子将形上本初之浑沌和一种境界形态直接对接，是一些学者将其视为境界形上学的一种依据。

作为"《庄子》《离骚》之亚"（第一回脂批）的《红楼梦》，其"笔势蜿蜒纵肆，则庄子《南华》，差堪仿佛耳"（第六回墨眉）。甲戌本脂批的这种论断不仅仅是因为《红楼梦》构筑了青埂峰象征意义上的形上玄冥，也是基于其将这种形上域转化为一种境界形态。正如《红楼梦》借第二回"智通寺"一段文字来展示庄子人格化的"浑沌"的形象："忽信步至一山环水旋、茂林深竹之处，隐隐有座庙宇……只有一个聋肿老僧，在那里煮粥。雨村见了，便不在意。及至问他两句话，那老僧既聋且昏，齿落舌钝，所答非所问。雨村不耐烦，便仍出来。"旁有眉批："毕竟雨村还是俗眼，只能识得阿凤、宝玉、黛玉等未觉之先，却不识得既证之后。""未写通部入世迷人，却先写出一出世醒人。回风舞雪，倒峡逆波，别小说中所无之法。"脂批指出"智通"与

"聋肿"的鲜明对比表明了《红楼梦》对庄子"浑沌"的理解：①未涉世时的朴素本真之质，如青埂峰上之粗石然；②经历人世万千后到头一梦万境归空之状，"以情悟道"者（第五回）。而从贾雨村"其中想必有个'翻过筋斗'来"的正文看，"聋肿"实则是世事洞明和人情练达后的返璞归真的状态，是"情情"回环的自我否定。这里《红楼梦》则更进一步，指出贾雨村所解之"智"与"愚"是世俗意义上的真正迷失，即"愚"是"愚"，"智"亦是"愚"。"智"是一种自作聪明的大"愚"。因此，《红楼梦》真正洞察到世俗人在"悟"和"迷"、"智"和"愚"、"通"和"滞"、"真"和"幻"等多重悖论中的真正迷失。这种"聪明人"自以为"智"但逃脱不了"愚"的现实怪圈，体现了梦醒不分、真假难辨、迷悟一如的人生洞见，是《红楼梦》借"智通寺"之寓在"情情"范畴基础上表达的浑沌境界。

二、"情情"之无无境界与庄子无无观

《庄子·知北游》言"无无"曰："至矣，其孰能

第四章 情情境界:情与梦对话结构中澄明与诗意的和合之境

至此乎!予能有无矣,而未能无无也。及为无有矣,何从至此哉!"光曜问"无有"你究竟是"有",还是"无"呢?而"无有"本身空然,终日视之不见,听之不闻,搏之不得。于是光曜感叹他还未达到"无无"的最高境界,即超越有无而回归大道的自我消融精神。庄子进而对"有""无"进行釜底抽薪式的追问:"有始也者,有未始有始也者,有未始有夫未始有始也者;有有也者,有无也者,有未始有无也者,有未始有夫未始有无也者。俄而有无矣,而未知有无之果孰有孰无也。"(《齐物论》)这种对"有""无"的形上追溯不仅是思辨上的推演,更是一种境界上的消融和超越。

如前第二章第四节所述,"情情"具备佛教"空空"的双遣义,倘若从庄子"无无"的角度来看,这种承继则是直接的。"无无""空空"之思辨不是庄佛之间的相互比附,而是庄佛思维模式在《红楼梦》形上思辨和境界嬗变中的相互融摄。因为"无立足境是方干净"之"情情"承继了这种自我否定的思维模式,以自我消融的形式摆脱了任何主体或客体的建构。曹雪芹在第二十二回中用曲文的形式直陈了这种庄佛思维模式承继的可能性:贾宝玉在听过《北点绛唇》之《寄生草》后,也填了一支词:"无我原非你,从他不解伊。肆行无碍凭来去。茫茫着甚悲愁喜?……"宝钗则直接引用《坛经》来开悟宝玉,以使其"顿悟"入"无立足境是方干净"的"无无"境。

三、"情情"之无用境界与庄子无用观

《红楼梦》在第一回已将青埂之石弃入无用的境地。在第二十二回就更加明显地引《南华经》之句来阐释庄子"无己、无功、无名、无用"之旨:"巧者劳而智者忧,无能者无所求,饱食而遨游,泛若不系之舟。""山木自寇,源泉自盗"旁有脂批曰:"源泉味甘,然后人争取之,自寻干涸也,亦如山木意,皆寓人智能聪明多知之害也。"如果说倘贾宝玉"无可云证是立足境"尚且保留了对"立足境"的追求,那么林黛玉"情情"境界之"无立足境是方干净"则是对这唯一的追求的彻底破除。这既可从佛教的角度说明,也可从庄子无用观的角度上说明。

第四章　情情境界：情与梦对话结构中澄明与诗意的和合之境

同时，"情情"的自我消解和无用义也是站在无常和荒唐的角度以好了之辨的形式来表达庄子的无用观。《红楼梦》批驳对世俗间的功名利禄的迷情和执着，用"了"的哲学来展现追逐所谓"有用"的荒唐。一是借凤姐的生命悲剧来表达机关用尽的可惧①，二是用贾宝玉读《庄子》以证迷情爱物之无用，进而通达"情情"之绝圣弃智的大无用的境界。

如《红楼梦》第二十一回贾宝玉读《南华经》之《外篇·胠箧》引其文曰："故绝圣弃智，大盗乃止；擿玉毁珠，小盗不起；焚符破玺，而民朴鄙；掊斗折衡，而民不争；殚残天下之圣法，而民始可与论议。……"宝玉提笔续曰："焚花散麝，而闺阁始人含其劝矣；戕宝钗之仙姿，灰黛玉之灵窍，丧灭情意，而闺阁之美恶始相类矣。彼含其劝，则无参商之虞矣；戕其仙姿，无恋爱之心矣；灰其灵窍，无才思之情矣。彼钗玉花麝者，皆张其罗而穴其隧，所以迷眩缠陷天下者也。"这

---

① 第五回甲戌脂批："警拔之句。世之如阿凤者，盖不乏人，然机关用尽，非孤即寡，可不惧哉！"

131

里王国维指出，《红楼梦》借庄子之《胠箧》伏下了解脱之种子。① 我们知道，《胠箧》中借加固锁钮与大盗的关系来说明世间一切的"有用"都是世俗人的一厢情愿式的迷恋和执着，其所有的一切防备最终都是"为他人作嫁衣裳"。② 通过贾宝玉"被钗玉花麝者，皆张其罗而穴其隧，所以迷眩缠陷天下者也"的领悟，我们看到《红楼梦》的无用境界明显吸收了庄子的无用观，在大无用的层次上展现了其宇宙视阈，并将其融入红楼人物的悲剧性的生命中。

四、"情情"之"无情"境界和庄子的无情观

《庄子·德充符》称："惠子谓庄子曰：'人故无情乎？'庄子曰：'然。'惠子曰：'人而无情，何以谓之

---

① 王国维讲："若《红楼梦》之写宝玉，又岂有以异于彼乎！彼于缠陷最深之中，而已伏解脱之种子：故听《寄生草》之曲，而悟立足之境；读《胠箧》之篇，而作焚花散麝之想。"王国维：《红楼梦评论》，见于闽梅编《大家国学·王国维》，天津人民出版社2009年版，第230页。

② 《外篇·胠箧》："将为胠箧、探囊、发匮之盗而为守备，则必摄缄縢固扃鐍，此世俗之所谓知也。然而巨盗至，则负匮、揭箧、担囊而趋，唯恐缄縢扃鐍之不固也。"

第四章 情情境界:情与梦对话结构中澄明与诗意的和合之境

人?'……庄子曰:'是非,吾所谓情也。吾所谓无情者,言人之不以好恶内伤其身,常因自然而不益生也。'"是是非非的分别在庄子看来是种"情",这种意义上的"情"必然会伤及人之容貌形体,"无情"是在超越是非爱憎、顺应自然、显现本性的角度上而言的。庄子之"无情"是形上域中的境界和工夫,而《红楼梦》之"情情"在这一维度上也体现了自我消融之情境以及自悟宇宙人生真相的大解脱。如梦稿本《红楼梦》于第一百二十回借空空道人之口所说的石头的状态:"磨出光明,修成圆觉。"而情缘了结之后所展现的则是一种返本复原式的澄明,即"奇而不奇,俗而不俗,真而不真,假而不假"(梦稿本第一百二十回)之超越世俗之情的无情之情。

我们可以看到,"情情"体现了庄子的清静无为、从乎自然的宗旨。庄子强调无欲与无为,限制情欲顺于自然以达到"真人""至人""神人"的境界,即舍离有形之局限,超越是非之纠缠,以无情之情体现自然无为的状态。周祖炎(Zuyan Zhou)认为:"只要将'石'认为是《石头记》的主角,那么石头作为启智的幻象就是合情理的。而石复归也意味着宝玉抛弃肉体、进入形容枯槁心如死灰的麻木状态和精神境界。"① 这种精神状态及神游进入道家生命哲学之本原，与庄子逍遥游之"肌肤若冰雪，绰约若处子；不食五谷，吸风饮露；乘云气，御飞龙"若合一契。澄明之中亦有神怡之解脱意味。此所谓宇宙大解脱："然则，举世界之人类，而尽入于解脱之域，则所谓宇宙者，不诚无物也欤？"②在此，贾宝玉多次将这种"无情"境界和形上域的浑沌境界引入死亡哲学中。"随风化了，自此再不要托生为人，就是我死的得时了。"（第三十六回）死在这里是其"情情"澄明之境的表达之一，是进入浑沌原初的生命历程。如庄子的鼓盆而歌一样，死的价值在得其时而泯然，在反观生命本原中回归生命。其实，《红楼梦》更多的是以死的境界体验来观照心体澄明之原，在死之亲

---

① 周祖炎认为，《红楼梦》中的无生命的石头与道家"身如槁木""心如死灰"相一致，及其超离轮回，则精神境界进入一种"无情"状态（"a state of disinterest" and remain indifferent to human suffering）："My discussion above indicates that after his mundane experience the hero seems to have reached an intellectual understanding of the vacuity of love, although emotionally he may not be able to purge all his sentiments." Zuyan Zhou, "Chaos and the Gourd in *The Dream of the Red Chamber*," in *T'oung Pao*, Second Series (87: 4, 2001): 273–274.

② 王国维：《红楼梦评论》，见于闵梅编：《大家国学·王国维》，天津人民出版社2009年版，第236页。

第四章　情情境界：情与梦对话结构中澄明与诗意的和合之境

身实感中洞见宇宙性之心体所备的真实自虚，以此彰显本心本性本情。这是引发生命悲剧意识和提升生命境界的重要因素，在其中亲历生命的明净和形上域的境界。

第二节　形下诗意场：情情境界与禅之解脱

"情情"情场的展现是个过程，即"石－玉－石"基础上"情"之存在的视阈转换与回环链条。而情场向形下的转换也凸显了新的境界形式和解脱手段。之所以用"形下诗意场"这样的表述，是因为《红楼梦》用大量的诗词、人名、情节来表述大观园中的不同于世俗的乌托邦式的生活。站在"情"本体下落复归的角度看，"情情"在大观园中所体现的诗意的生存方式是"情"在世间诸法杂染时的不断超越和无奈回避，即在本真和非本真的背反中体现诗意情境。这样的解脱方式是以禅机、谶语、灯谜、诗宴的隐喻形式表现禅宗的解脱观。因此，"情情"如何在与禅宗解脱思想的对话中展现其诗意与逍遥的精神境界以及形下生存域中的生活方式，是我们切入"情情"境界内涵时需要探讨的问题。

无论是从术语还是解脱方式上，贾宝玉的禅悟及林黛玉的续偈都体现了禅宗一念心的影响，所不同的是，林黛玉的"情情"境界否定了"心"是证悟时的绝对实体性的存在，从第二十二回贾宝玉的禅偈和林黛玉的续偈以及后文薛宝钗引用惠能和神秀的争法偈来看，贾宝玉的禅悟更倾向于神秀的"观心看净"的思想，而林黛玉的禅悟则是惠能式的"本来无一物"的思想。

首先，第二十二回贾宝玉的偈"你证我证，心证意证。是无有证，斯可云证。无可云证，是立足境"直接突出了"心"在证悟中的作用。所谓"斯可云证"，即认为只有"心"才可以作为唯一的根据，只有它才是绝

第四章 情情境界:情与梦对话结构中澄明与诗意的和合之境

对清净物的存在,因此,贾宝玉认为只要对"心"进行修证就可以得到解脱。而林黛玉反对这种修证,认为无心可修才是实现超然解脱的真正法门。从她的"无立足境是方干净"禅偈来看,她试图对"心"的唯一立足境进行破除,因此她的境界就自然在贾宝玉"无可云证是立足境"之上了。在南北禅的根本差异上,洪修平先生的看法是:"惠能与神秀的偈文所表现出来的有心可修无心可修,有所得无可得的思想差异,是南北禅法最主要的分歧点,而之所以出现这种分歧是由于他们对'心'的不同理解而造成的。"①同时洪修平认为这样的差异也可视为惠能与《大乘起信论》的思想差异。他用如图4-2-1所示②:

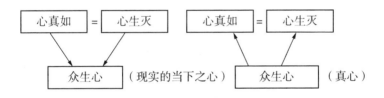

图4-2-1 惠能与《起信论》关于"心"的思想差异

---

① 洪修平:《禅宗思想的形成与发展》,江苏古籍出版社2000年版,第259-260页。
② 洪修平:《中国禅学思想史》,中国人民大学出版社2007年版,第175页。

这个图式从根本上也可以体现宝黛二人之悟的差异所在。所不同的是，贾宝玉主张情遍所有有情、无情的泛情观，即把痴情推演开来，着眼于世间万物，因而具有真情的宇宙遍及性，他的视角离不开"情"，因此，他的"心"是一种具有"情"的色彩的"心"，具"情不情"的特点。而林黛玉要破除的即是这种具"情"之"心"，故曰"无立足境"。将"心"置入"情"的色调中是曹雪芹别具匠心的地方。

其次，在顿悟后的境界上，《红楼梦》这里用了"无挂碍心中自得"来描写贾宝玉自以为得悟的状态，以呈现"心无所得"的禅境。第二十二回，在贾宝玉写"心证意证"偈语之后，他又写了解脱后的境界，即曰："无我原非你，从他不解伊。肆行无碍凭来去，茫茫着甚悲愁喜？纷纷说甚亲疏密？从前碌碌却因何？到如今，回头试想真无趣！"这个又与宝钗的词相照应："漫揾英雄泪，相离处士家。谢慈悲，剃度在莲台下。没缘法，转眼分离乍。赤条条，来去无牵挂。那里讨，烟蓑雨笠卷单行？一任俺，芒鞋破钵随缘化。""无碍""无我""无牵挂"等术语与惠能禅的无住、无念、无相相

第四章 情情境界：情与梦对话结构中澄明与诗意的和合之境

通。惠能禅认为当下一念之心是解脱的基础，而解脱的状态则是无著无缚的"直心"。这种"直心"是"无相、无念、无住"的，即不滞于法。敦煌本《坛经》17节解释说："无相为体，无住为本。何名无相？无相者，于相而离相；无念者，于念而不念；无住者，为人本性，念念不住。前念、今念、后念，念念相续，无有断绝；若一念断绝，法身即离色声。"《红楼梦》明显地承继了这种"直心－三无－无缚"的解脱思路，而在诗偈中形成了"无我－无牵挂－无碍"的思想。因此，基于这两个方面，"情情"完成了对"立足境"的破执，呈现了当下一念之心，并以"无挂碍""随缘化"来沟通无住、无念、无相的思想。

除此之外，"情情"更以形下之诗的形式来呈现其解脱境界。即"情情"之形上之思（澄明之境）进入形下之途时，就化为形下之诗。此时，"思"和"诗"即反映出形上形下道器之途中人之本真的存在。所以，虽然《红楼梦》回避不了大观园破灭的现实和人性本真在共存性上的迷失，但是"情情"以诗情画意的图式和水中月、镜中花的幻境的表达确实是对现实的超越。一些学者认为,石头的"沉迷"是一种"被抛入另一个许诺情欲与精神满足的世界的进程",而"觉醒"是一种"意识到迷幻仅仅是迷幻,最终摆脱不了幻灭的有限性持续"①。正如海德格尔用其"烦"(care)来显示人在生存全过程中摆脱不掉的潜在性一样,《红楼梦》在大观园的"沉沦态"中也试图对理想生活进行"设计","作者亦有传诗之意"(甲戌的脂批第一回)。"诗"成为通向"思"的一条最为直接的途径,从而展现了"情情"形下诗意之境与形上澄明之境的沟通和转换②。

---

① Wai-Yee Li, "Enchantment and Disenchantment: Love and Illusion in Chinese Literature," in *Chinese Literature: Essays, Articles, Reviews* 16 (1994): 166.

② 澄明和诗意的术语,体现于后期海德尔格《林中路》《在通向语言的途中》等著作中。他提出把"诗"和"思"视为"语言-道说"之发生(Geschehnis)。从人的方面看,即人进入"道说"("存在之澄明")的两种基本方式。"惟当存在者进入和出离这种澄明的光亮领域之际,存在者才能作为存在者而存在。惟有这种澄明才允诺,并且保证我们人通达非人的存在者,走向我们本身所是的存在者。"见[德]海德格尔:《林中路》,孙周兴译,上海译文出版社2004年版,第40页。

第四章 情情境界：情与梦对话结构中澄明与诗意的和合之境

第三节 和合之境：情情境界与梦之对话

由情空相即、以情融理到"情情"范畴展示的形上域的浑沌境界、无无境界、无用境界、无情境界与形下场中"情"的解脱和诗意境界，"情情"充分展示了"情"的嬗变运动中所体现的与儒佛道三教重要范畴的对话结构。在横向嬗变中的"真"与"假"、"礼"与"情"、"空"与"情"再到"空空"与"情情"的沟通，以及纵向嬗变中"情"与"理"的冲突和融合，"情情"涵摄了与儒佛道三教多重维度的对话而最终体现出一种和合之境，即"梦"。"情"的超越而进入"空空"的精神历程是与梦相关联的一种途径。这与

"空空道人"改名为"情僧"而进入梦的游仙境界的隐喻是相一致的。我们发现,"梦"是"情情"在与佛道的对话中展示的抽象表达。用幻笔来显示"梦",从而在"情""幻""梦"的结构中产生必然的联系。因此,《红楼梦》之"梦"的解读对于我们把握其精神境界及其意旨尤为关键。而本节要解决的核心问题是"情情"如何与"梦"产生对话结构并呈现"到头一梦""万境归空""情债了结""修成圆觉"的思想。

首先,"情情"是在逍遥游及庄子的齐物论的角度呈现出与"梦"的对话结构。庄子的齐物论以其"道通为一"和"同德天放"的不齐之齐的形式体现于《红楼梦》的"情情"中。"不齐之齐"体现了庄子的宇宙意识和对个性本真张扬的理想,真正显照着庄子齐物论的精髓和内涵。所谓"不齐之齐"之"齐",指的是个性张扬与解放基础上的齐同物论和齐物之论;所谓"不齐之齐"之"不齐",指的是万物一体与万论齐同视野下的个性解放。①

---

① 如庄子《齐物论》分别从齐物之论与齐同物论的角度所说的:"举莛与楹、厉与西施、恢恑憰怪,道通为一","天地与我并生,而万物与我为一"以及"可乎可,不可乎不可。道行之而成,物谓之而然","天地一指也,万物一马也"。而同时他又阐述了"同德天放"的思想,如"夫马,陆居则食草饮水,喜则交颈相靡,怒则分背相踶。马知已此矣"(《马蹄》)。

第四章　情情境界：情与梦对话结构中澄明与诗意的和合之境

因此，庄子的齐物论不仅有齐同物论和齐物之论的"齐"的含义，也有个性张扬和保持本真的"不齐"的含义。故无论是执拗于"道通为一"之"齐"还是偏激于"同德天放"之"不齐"，都是要统统打破的，在此基础上才能呈现无真假、泯主客的真正逍遥游和齐物论。所以，庄子说："不言则齐，齐与言不齐，言与齐不齐也，故曰：'言无言。'言无言，终身言，未尝言；终身不言，未尝不言。"（《庄子·寓言》）"齐"与"不齐"，二者当下同一于不言中。

如前文所述（第四章第一节），"情情"在境界形上域体现了庄子的浑沌观、无无观、无用观和无情观，具有齐物论之"齐"的特征，同时"情情"也在形下场中呈现了个性解脱（"不齐"）时的诗意之境，因此"情情"是破除经验世俗善恶是非美丑执着的超越悲喜对待的彻悟之态。其中有这两方面的逻辑：①世俗所谓的真假善恶美丑的分判是执着和迷情，作为"幻"和"小梦"，需要打破；②大觉后知此本身依然是"大梦"，执拗于"齐"还是偏激于"不齐"或者滞泥于"不齐之齐"本身，都是需要破除的。故而"情情"在这两个层次上体现了"梦"的内涵。正如庄子所认为的梦是梦,醒亦梦:"方其梦也,不知其梦也。梦之中又占其梦焉,觉而后知其梦也。且有大觉而后知此其大梦也。而愚者自以为觉,窃窃然知之。"(《齐物论》)《红楼梦》第九十八回就此"梦中之梦"写道:"见案上红灯,窗前皓月,依然锦绣业中,繁华世界。定神一想,原来竟是一场大梦。浑身冷汗,觉得心内清爽。仔细一想,真觉无可奈何,不过长叹数声而已。"有些学者认为,《红楼梦》梦中有梦的写法明显受到庄子"大梦""大觉"的影响,而这种境界的体验正是道家的术语"芒笏",与"太虚幻境"相一致。① 梦中有梦、幻中有幻正是《红楼梦》所要表达的"情中有情"的"情情"。

庄子的"独与天地精神往来"与"不遣是非与世俗处"(《天下》)是物我之间既泯然又超越的同一工夫。"庄周梦蝶"之论是庄子打破机心成见的一种方式,醒

---

① Chi-hung Yim, "The 'Deficiency of Yin in the Liver': Dai-yu's Malady and *Fubi* in '*The Dream of the Red Chamber*'," in *Chinese Literature: Essays, Articles, Reviews* 22 (2000): 106–107.

第四章 情情境界：情与梦对话结构中澄明与诗意的和合之境

梦一如。故"齐"与"不齐"皆是梦。《红楼梦》将庄子之"梦"引入世间浑沌与超世浑沌的辩证中，世间是清醒之大浑沌，超世是浑沌之大浑沌。关于后者，易迟煌（Chi-hung Yim）注意到一个非常有趣的精神现象——"黑逍遥"①，即《红楼梦》第九十八回所写之恍惚状态："忽然眼前漆黑，辨不出方向，心中正自恍惚，只见眼前好像有人走来……凡人魂魄，聚而成形，散而为气，生前聚之，死则散焉。"他将此与庄子《知北游》相对照，认为这不仅是一种大逍遥，也是一种大梦或大浑沌。将相、金银、娇妻、儿孙似乎都是聪明的追求，但对于无常法，则是迷情的无知；即便是超越悲喜的彻悟之态，也是一种浑沌的梦。此两种状态都是梦，一为酣梦，一为醒梦，故梦是梦，醒亦梦。因此，《红楼梦》以"女娲炼石已荒唐，又向荒唐演大荒。失去幽灵真境界，幻来亲就臭皮囊"之诗将"情情"放入荒唐之"梦"中来诠

---

① "'All was pitch black before his eyes'（*yan qian qihei*）-immediately brings to mind Doctor Wang's prescription of the *Black Ethereal Essence*（*hei xiaoyao* 黑逍遥）…the association of this passage with Zhunagzi's philosophy becomes even more complex." Chi-hung Yim, "The 'Deficiency of Yin in the Liver': Dai-yu's Malady and *Fubi* in '*The Dream of the Red Chamber*'," in *Chinese Literature*: *Essays*, *Articles*, *Reviews* 22（2000）：105.

释,从而与庄子之醒睡皆梦的观点一脉相承。

其次,"情情"又是在"情缘了结""修成圆觉"的佛教解脱层面上呈现与"梦"的对话结构。

佛教的"情"具有不同的维度并因此而呈现不同的智慧和境界:一是凡夫之情。凡夫之"六根"著于物相而生"贪、瞋、痴"三惑,因无明之故而流转三界、生死不已。如《四十二章经》云:"使人愚弊者,爱与欲也。"① 而"爱欲莫甚于色,色之为欲,其大无外"②,"人为道亦苦,不为道亦苦。惟人自生至老,自老至病,自病至死,其苦无量。心恼积罪,生死不息,其苦难说"③。从修行角度,欲断情欲则对应"戒定慧"三学,其智对应"世俗智"("有漏")④,由真俗二谛而得解

---

① 《四十二章经》,见《大正新修大藏经》(第17册),第722页中。
② 《四十二章经》,见《大正新修大藏经》(第17册),第723页中。
③ 《四十二章经》,见《大正新修大藏经》(第17册),第723页下。
④ 《俱舍论》卷二六:"智有十种,摄一切智:一世俗智,二法智,三类智,四苦智,五集智,六灭智,七道智,八他心智,九尽智,十无生智。"世俗智可"遍以一切有为、无为为所缘境;法、类二种如其次第以欲、上界四谛为境"。世俗智为有漏,对应欲界,后之九种为胜义智(无漏)。参见杜继文:《汉译佛教经典哲学》(上卷),江苏人民出版社2008年版,第94页。

第四章 情情境界:情与梦对话结构中澄明与诗意的和合之境

脱。二是慈悲之情。菩萨"但为教化诸众生故,生兜率天"①,"念往昔本誓因缘,亿劫生身。尊亦曾受天人业果,往昔所造善业因缘。忆念彼施善根法行,于诸众生,生慈悲心"②。所以为众生解脱烦恼苦痛而生,是为慈悲之情。三是"常乐我净",无缘之情。"一切众缘力,诸法乃得生"③,一切有为法,因因缘和业感而有,经"生住异灭"之有为相而"缘生"。"和合时生,离散时灭"④,"若无余缘,法不生故"⑤。因得涅槃而"有常我乐净,离诸有漏行"⑥。此时,"情"不会流注于三界,由"有漏"转向"无漏"摆脱烦恼而得解脱,此亦是一种情的境界。而道·莱宜(Dore Levy)⑦就认为《红楼梦》主角的脱离就是佛教精神解脱的途径。而"因空见色,由色生情,传情入色,自色悟空"也说明

---

① 《佛本行集经》,见《大正新修大藏经》(第3册),第676页中。
② 《佛本行集经》,见《大正新修大藏经》(第3册),第677页中。
③ 《阿毗昙心论》,见《大正新修大藏经》(第28册),第810页中。
④ 《阿毗达摩大毘婆沙论》卷三十九,见《大正新修大藏经》(第27册),第200页上。
⑤ 《阿毗达摩大毘婆沙论》卷三十九,见《大正新修大藏经》(第27册),第201页上。
⑥ 《阿毗昙心论》,见《大正新修大藏经》(第28册),第809页上。
⑦ Dore Levy, *Ideal and Actual in The Story of the Stone* (New York: Columbia University Press, 1999), 2; 96; 97.

了《红楼梦》"情"的发生、发展、终结与以上所述的佛教"情"之诸境界的相一致。从红楼人物的凡夫境界到贾宝玉的悟禅后所体悟的慈悲境界,再到了结情缘后的"修成圆觉"的状态,可以看到佛教之"情"的观点对《红楼梦》整体结构和主题思想的影响。

此外,佛教在《世记经·世本缘品》中有关于众生因贪著从天到地的堕落的记述:"此世天地还欲成时,有余众生福尽、行尽、命尽,于'光音天'命终,生空梵处;于彼生染著心,爱乐于彼,愿余众生共生彼处。发此念已,有余众生福行命尽,于'光音天'身坏命终,生空梵处","其后,此世还欲变时,有余众生福尽、行尽、命尽,从'光音天'命终来生此间……是时此地有自然地味出,凝停于地,犹如醍醐……觉好遂生味著;如是展转,尝之不已,遂生贪著"。① 这段记述与青埂之石贪著世间荣华而"静极思动"和神瑛侍者"凡心偶炽"以及绛珠仙草食蜜果饮甘露的情节颇为相似。

---

① 转引自杜继文:《汉译佛教经典哲学》(上卷),江苏人民出版社2008年版,第20—21页。

第四章　情情境界：情与梦对话结构中澄明与诗意的和合之境

《红楼梦》"贪著－下凡－圆觉－梦归"的结构比较明显地借鉴了上面佛教的典故。实际上，无论是石头的"打动凡心""心慕世间荣耀繁华"，还是神瑛侍者的"凡心偶炽，乘此昌明太平朝世，意欲下凡造历幻缘"（第一回），都因贪著的产生而远离了"情情"的浑沌的"性"的层面而进入一种欲要流转的冲动。及其"情"复归和"自色悟空"后，"情情"展示出"空空"的特性，脱离了"缘生"，成为一种"修成圆觉"的情境。倘遍情之种种为幻梦，则情之圆觉境界则是梦归。周祖炎认为，宝玉结束轮回而成为"无生命"（lifeless）之石，其精神境界的变换隐喻着佛教"无身"（no-body）的目标，而情正是作为宝玉宗教解脱和返回其原初之梦的一种元素。①

---

① 周祖炎引用《法句喻经》来论证宝玉修成圆觉的标志是"无身"的实现，并认为"情"是作为宝玉返回其梦的元素。他说："Baoyu's transformation back to his pre-human form of an inanimate, 'lifeless' stone signals a spiritual growth charged with Buddhist and Daoist implications. Human body is taken as a source of suffering in Buddhism, which seeks 'no-body' (*wushen*) as an ultimate goal," "*Qing* thus can be viewed as an experience that is a component of Baoyu's religious cultivation; to achieve freedom from *qing* he first has to indulge in it." Zuyan Zhou, "Chaos and the Gourd in *The Dream of the Red Chamber*," in *T'oung Pao*, Second Series (87：4, 2001)：268-270.

综合以上两个方面,"情情"分别在庄子齐物论、逍遥游和佛教解脱的层面上呈现了"到头一梦""万境归空""情缘了结"与"修成圆觉"的思想。《红楼梦》用复合线索的形式将以上佛道迥然不同的致思理路融入同一主题中。首先,青埂之石的流转复归体现了"到头一梦""万境归空"的思想,这是一条线索。其次,神瑛侍者与绛珠仙草欲要了结情债而下界历世,"历尽风月波澜、尝遍情缘滋味"(甲戌本第一回眉批)后复归天界,在佛教角度体现了"情缘了结""修成圆觉"的思想,这是第二条线索。两者在大观园中又以贾宝玉的线索沟通起来。"青埂之石-神瑛侍者-贾宝玉"分别以"灵-神-人"的"三位一体"①形式构建了小说的复合线索,从而将儒佛道三教"理""梦""空""缘"等完全不同的范畴和价值旨趣巧妙地沟通起来了。也就是说,《红楼梦》的小说体裁是兼顾这些范畴的最佳形

---

① 曹雪芹"青埂之石-神瑛侍者-贾宝玉"不是严格意义上的基督教"三位一体"概念。但《石头记》之"石-玉-石"的构思则在一定程度上受到了基督教(天主教)神学的影响。关于《红楼梦》与基督教神学(特别是"三位一体"教义)的关系,见 Gao Yuan, "*The Dream of the Red Chamber* and Christian Theology: Seeking a New Philosophy of Love from the Christian Perspective," in *Dialog: A Journal of Theology* (57: 1, 2018): 66 - 70。

第四章　情情境界：情与梦对话结构中澄明与诗意的和合之境

式。而"梦"范畴的引入,则更能体现小说包容性和开放性的特点,从而使三教不同维度的范畴和思想都在这里有了沟通的可能性。在此基础上,以"情"问题为核心问题,以"情情"范畴为核心范畴,进而在"梦"的视阈中用"情情"来统摄各级范畴并展现与儒佛道三教"空""理""梦"不同层次的对话结构,为我们呈现"情"的精神境界及其主题提供了一条可能的途径。

第五章

结语

《红楼梦》哲学是基于明清之际情思潮涌动的时代背景和儒佛道三教理论而形成的,并以小说的形式成为明清情哲学中的重要一环。如第一章导论部分所述,虽然红学在"曹学""版本学""探佚学""脂学"等考据学方面卓有成效,并因此成为与甲骨学、敦煌学三足鼎立的一门学问,但是《红楼梦》哲学的性质、价值、理论形态及思想来源等问题在20世纪的红学研究中并未受到足够的重视。因此,近年来对于《红楼梦》哲学能否成为中国哲学的有机组成部分而加以研究,逐渐成为一个崭新的课题而受到海内外许多学者的关注。本研究认为,《红楼梦》哲学作为一种典型的小说哲学形态,反映了明清之际社会思潮的真实面貌以及儒佛道三教关系在特定时期的发展形态,其具有两方面的特点:①《红楼梦》文本本身吸收了儒佛道三教的核心范畴和思维模式,呈现了三教不同的精神诉求和理论形态在小说中的冲突和融合,并以"以情悟道"的方式融构出"到头一梦""万境归空""情债了结""修成圆觉"的思想。②将《红楼梦》视为"悟书"而进行诠释的工作早在脂砚斋以及清代旧评点派那里已实际地展开,这个为后来新红学兴起之时王国维引入叔本华、尼采哲学

第五章 结语

来研究《红楼梦》的哲学思想和价值提供了基础,但这种哲学的研究进路并非20世纪新红学的主流。因此,无论从红楼文本上还是从20世纪红学发展的情况看,《红楼梦》哲学(作为"悟书")的研究都是非常有必要的。

《红楼梦》哲学的研究不同于其他小说的哲学思想的研究,其中一个非常重要的原因就是《红楼梦》版本的问题。普遍流行的一百二十回的梦稿本并不能完全反映曹雪芹原著的原貌,这是学界的共识。因此,对于《红楼梦》哲学的研究,我们就不能不选择最接近原作者原意的版本。从版本流传的次序上看,甲戌本、庚辰本、己卯本这三个本子保留原著原貌的程度最高,而脂批在其中占据着非常重要的地位和篇幅,一定程度上,脂批已经成了《红楼梦》不可分割的一部分,因此它本身所蕴含的哲学思想也是《红楼梦》哲学的有机组成部分。这根本不同于其他小说的构造。倘从甲戌本仅有的三十二回文字看,涉及儒佛道三教术语和思想的内容在关键情节上都有显现并占有重要篇幅。这个现象从根本上打破了我们对《红楼梦》惯有的印象。《红楼梦》哲学的研究就正是基于脂批所透露的这些情节和思想。比如"痴情""情不情""情情""情榜"等非常重要的线索和术语就只能在脂本系统中才能找到。基于此，我们才能更加清晰地看到《红楼梦》并不仅仅是一部通俗小说，它实际上早已融入中国传统哲学思想的脉搏中，并在继承儒佛道三教许多术语和思想的基础上呈现出自身独特的主题和哲学精神。

从儒佛道三教的视阈来看《红楼梦》哲学之"情"精神境界的嬗变，我们发现《红楼梦》哲学的主旨与主题的呈现是基于多种对话结构的层层演进上的。"空""理""梦"这三个维度分别展示出与"情"的对话，从而构成了"以情悟道"的主要内涵。基于此，本书试图从"情"的横向嬗变和纵向复归两个线索上分析儒佛道三教重要范畴（如"空""理""礼""梦"等）与"情"的对话结构，并在这些结构的层层递进中呈现《红楼梦》"情"境界的嬗变以及最终体现的"情空相即""以情融理""情梦相摄"的思想。

所谓"情空相即"，是指在"痴情－人情－情不情－

第五章 结语

情情"的境界的横向嬗变中逐步打破"情"对外境的执着以及"情"立足境本身,在情即幻、幻是缘起性空的角度上展现以情捨情、以空捨空的"情空相即"的思想。具体而言:①"痴情"境界具有"至真"和"执真"的双重意蕴。《红楼梦》在肯定"痴情"的自然本真性(吸收道家思想)的同时,也在破执角度上对"痴情"的执着特性予以破除,从而展现自己"假作真时真亦假"的真假观(见本书第二章第一节)。②"人情"境界则具有儒家"仁"之精神,并在"礼"与"礼教"的对立中重新回到"痴情"的本真层面而试图将这种情的境界拓展为良性的人际关系,同时也反映了《红楼梦》在明清之际礼情冲突的时代问题下对魏晋情论的吸收(见第二章第二节)。③"情不情"境界既有"意淫"与"情毒"的特点,也兼具"情"(有)与"不情"(空)的双重意蕴。在将佛教之"空"的中道般若思想引入小说的"情"的论域中时,却保留了以情观物的"情"立足境,体现了贾宝玉"情不情"释"空"的局限性(见第二章第三节)。④林黛玉的"情情"超越了"情不情"境界设立"情"立足境的局限,在以情捨情、以空捨空的双遣上展现"情情"自我消解的特点，构成了"情情"与"空空""重玄"的对话结构，进而展现"情空相即"的思想（见第二章第四节）。

所谓"以情融理"，并非是将情、理完全模糊混同，而是在"自然""虚无""复归"上呈现出二者的相通性。从纵向上看，《红楼梦》将理本体的结构模式放入"情"的论域中得以体现，展现了"情种"的遍及性以及"情"回环流转的结构性（见第三章）。依次呈现出"天"之多重维度中浑沌之情的可能性，形下间情理冲突的悲情境界与诗意"情"境界的交感性以及"情情"复归后无情之情、以情融理的本体性。至此，无论是横向嬗变上呈现的"情空相即"，还是纵向复归层面上显现的"以情融理"，都凸显出"情情"在整合儒佛道三教思想和术语中的重要作用，对"情情"的丰富哲学内涵的研究则是揭示《红楼梦》"情"境界以及展示其与儒佛道三教对话上《红楼梦》哲学主题的关键。

"情情"范畴本身具有多重意蕴，这就显现了与儒佛道三教对话的可能性，并最终在"梦"的角度上展现

第五章 结语

了"情梦相摄"的思想,构成了"情"与"梦"的对话结构(见本书第四章)。《红楼梦》之"情情"范畴通过其本身的浑沌的摹状以及形上自虚的特性首先在境界形上域中呈现了与庄子的浑沌观、无无观、无用观和无情观的沟通和对话。其次,"情情"以禅机、谶语、灯谜、诗宴的隐喻形式表现了"无挂碍心中自得""赤条条来去无牵挂""一任俺芒鞋破钵随缘化"的禅宗解脱境界。以形下之诗而进入形上之思显现了"情情"澄明与诗意之境的沟通。最后,"情情"在庄子逍遥游和齐物论的角度以及佛教解脱层面上实现了与"梦"的关联并展示出和合之境和宇宙视阈。

综合以上诸章对话结构和线索的分析,我们可将结论概括为以下几点:

(1)《红楼梦》哲学是以明清情思潮为背景的小说哲学形态,并在儒佛道三教的理论基石上融构出小说语境中以"情"为核心的独特哲学精神。在广泛吸收中国古代梦的寓言神话,古代哲学长期隐匿的尚情主义,儒佛道三教对立范畴和命题,明清民间宗教传统,以及才子佳人小说模式等元素的基础上，以小说这种包容性的文学体裁展现出"以情悟道""到头一梦""万境归空"的哲学主旨和精神向度。

（2）"情情"是《红楼梦》哲学内在体系的核心范畴，并作为各级范畴的统摄而展现与儒佛道三教特别是"空""理""梦"哲学的深层次的对话。"情情"范畴作为情境界的高级阶段，具有"情空相即""以情融理""情梦相摄"的特点。其中，"情空相即"是在"真"与"假"、"礼"与"情"、"空"与"情"等对立范畴的基础上展现"痴情－人情－情不情－情情"的横向嬗变历程；"以情融理"是以"理"与"情"的对立范畴为核心，通过形上情之浑沌形态、形下的情理冲突以及炼情补天后以情融理的历程展现"情"境界的纵向复归；"情梦相摄"是在"梦幻情缘"（第四回）以及形上之思（澄明之境）与形下之诗（诗意境界）相融的角度上展现出的"到头一梦"的思想。

（3）"情情"是"情－空""情－理""情－梦"三重对话结构中的最高境界形式。它不仅吸收了道家的

第五章 结语

浑沌观、无用观、无无观、无情观、齐物观，也借鉴了佛教（禅宗）无念、无住、无相的解脱观，还在小说语境中反思宋明理学末流工具化之"理本体"并尝试以"情"为本体的新哲学的构建①，成为明清情思潮语境中新思想的开掘。

虽然《红楼梦》（作为"悟书"）并未直接用严谨的哲学范式论证其"以情悟道"的思维架构，然而对于小说哲学的研究，我们可以从术语、命题、预设、语境、原文结构的系统逻辑进行分析，从而透射出其内在哲学骨架、逻辑原则及其精神意蕴。本研究秉持这样的系统分析进路，从儒佛道三教对话角度来考察"情"境界嬗变的双重线索，在各级对立范畴及境界比较中分析三教重要范畴在进入小说论域时所发生的变化、冲突及融合。我们看到，《红楼梦》哲学在承继以往儒佛道三教思维的基础上试图建立小说语境中以"情"为本体的哲学思想，这不仅回应了中国古代哲学长期隐匿的尚情

---

① 关于《红楼梦》哲学中"情"本体的分析，见高源：《论"诸法实相"与〈红楼梦〉"情"之本体的挺立》，载《江汉大学学报（人文科学版）》，2010年第1期，第33-37页。

主义的传统，也拓延了宋明理学以来的传统论域，以小说哲学的形式成为中国哲学儒佛道三教关系研究中的重要组成部分。

参 考 文 献

［注：本书参考文献格式依照《中华人民共和国国家标准：信息与文献参考文献著录规则》（GB/T 2714—2015）。］

一、红楼版本

［1］曹雪芹. 卞藏脂本红楼梦［M］. 北京：北京图书馆出版社，2006.

［2］曹雪芹. 红楼梦［M］. 周汝昌，汇校. 北京：人民出版社，2006.

［3］蒙古王府本石头记：蒙府本［M］. 影印本. 北京：

书目文献出版社,1986.

[4] 戚寥生序本石头记:戚序本[M]. 影印本. 北京: 人民文学出版社,1975.

[5] 乾隆抄本百廿回红楼梦稿:梦稿本[M]. 影印本. 上海:上海古籍出版社,1984.

[6] 乾隆甲戌脂砚斋重评石头记:甲戌本[M]. 影印本. 台北:胡适纪念馆,1975.

[7] 苏联列宁格勒藏抄本石头记:列藏本[M]. 影印本. 北京:中华书局,1986.

[8] 脂砚斋甲戌抄阅再评石头记[M]. 影印本. 上海:上海古籍出版社,1985.

[9] 脂砚斋重评石头记[M]. 邓遂夫,校订. 甲戌校本. 北京:作家出版社,2006.

[10] 脂砚斋重评石头记:庚辰本[M]. 影印本. 北京:人民文学出版社,1993.

[11] 脂砚斋重评石头记:己卯本[M]. 影印本. 上海:上海古籍出版社,1981.

[12] 脂砚斋重评石头记:甲戌本[M]. 影印本. 上海:上海人民出版社,1975.

[13] KUHN FRANZ (transl.). Der traum der roten kam-

mer [M]. Insel Verlag Frankfurt am Main, 1951: Insel taschenbuch Erste Auflage, 1995.

[14] YANG XIANYI, GLADYS YANG (transl.). A Dream of Red Mansions [M]. Beijing: Foreign Languages Press, 2003.

[15] HAWKES DAVID, JOHN MINFORD. The Story of the Stone [M]. Harmondsworth, Middlesex: Penguin Books, 1986.

二、其他古典典籍

[1] 阿毗达摩大毗婆沙论 [M] // 大正新修大藏经：第27册.

[2] 阿毗昙心论 [M] // 大正新修大藏经：第28册.

[3] 程颢, 程颐. 二程集 [M]. 王孝鱼, 点校. 北京：中华书局, 1981.

[4] 程颢, 程颐. 二程集 [M]. 王孝鱼, 点校. 北京：中华书局, 1987.

[5] 出三藏记集 [M] // 大正新修大藏经：第55册.

［6］大乘起信论［M］//大正新修大藏经：第32册.

［7］大乘玄论［M］//大正新修大藏经：第45册.

［8］大学问［M］//王阳明全集：卷二十六.

［9］大智度论［M］//大正新修大藏经：第25册.

［10］董仲舒．董仲舒集［M］．袁长江，等，校注．北京：学苑出版社，2003．

［11］冯梦龙．喻世明言［M］．北京：人民文学出版社，1989．

［12］佛本行集经［M］//大正新修大藏经：第3册.

［13］黄裳．演山集·卷五十三［M］//杂说.

［14］晦翁学案上［M］//宋元学案：卷四十八.

［15］黎靖德．朱子语类［M］．王星贤，点校．北京：中华书局，1988．

［16］孟子字义疏证．卷上．理［M］．戴震全书：六.

［17］乾称篇下［M］//张子正蒙注：卷九．北京：中华书局，1975．

［18］壬癸之际胎观第一［M］//定盦全集：卷一.

［19］仁王般若经疏［M］//大正新修大藏经：第33册.

［20］阮籍．达生论［M］//严可均．全上古三代秦汉三国六朝文．北京：中华书局，1958．

[21] 四十二章经［M］//大正新修大藏经：第17册.

[22] 注维摩诘经［M］//大正新修大藏经：第38册.

三、中文研究文献

[1] 白盾. 悟红论稿：白盾论红楼梦［M］. 北京：文化艺术出版社，2005.

[2] 陈春文，关羽鹏. 渺渺茫茫兮，归彼大荒［J］. 飞天，2001（2）.

[3] 陈万益. 说贾宝玉的"意淫"和"情不情"：脂评探微之一［J］. 中外文学，1984，12（9）.

[4] 陈维昭. 红学通史［M］. 上海：上海人民出版社，2005.

[5] 杜继文. 汉译佛教经典哲学［M］. 南京：江苏人民出版社，2008.

[6] 冯达文，郭齐勇. 新编中国哲学史：下［M］. 北京：人民出版社，2004.

[7] 冯其庸. 关于当前《红楼梦》研究中的几个问题［J］. 北方论丛，1981（2）.

[8] 冯其庸. 论红楼梦思想 [M]. 哈尔滨:黑龙江教育出版社,2002.

[9] 冯其庸. '92中国国际红楼梦研讨会论文集 [C]. 北京:文化艺术出版社,1995.

[10] 弗兰茨·贝克勒,等. 哲言集:向死而生 [M]. 张念东,裘挹红,译. 北京:生活·读书·新知三联书店,1993.

[11] 高源. 芬兰文《红楼梦》的发现与研究 [J]. 上海交通大学学报(哲学社会科学版),2019(1):115-125.

[12] 高源.《红楼梦》的庄子观及其"情情"视阈下的齐物境界 [J]. 沈阳大学学报,2010,22(6).

[13] 高源.《红楼梦》在北欧之译介源流考 [J]. 湖南大学学报(社会科学版),2019(3):100-107.

[14] 高源.《红楼梦》哲学性质考辨——红学作为中国哲学研究对象的反思 [J]. 山西大学学报(哲学社会科学版),2018(6):9-17.

[15] 高源. 论《红楼梦》哲学思想中"情"的精神境

界［J］．辽宁师范大学学报（社会科学版），2008，33（5）．

［16］高源．论"诸法实相"与《红楼梦》"情"之本体的挺立［J］．江汉大学学报（人文科学版），2010，29（1）．

［17］郭皓政．红学档案［M］．武汉：武汉大学出版社，2007．

［18］郭沂．郭店竹简与先秦学术思想［M］．上海：上海教育出版社，2001．

［19］海德格尔．林中路［M］．孙周兴，译．上海：上海译文出版社，2004．

［20］何善蒙．魏晋情论［M］．北京：光明日报出版社，2007．

［21］洪涛．红楼梦与诠释方法论［M］．北京：北京图书馆出版社，2008．

［22］洪修平．禅宗思想的形成与发展［M］．南京：江苏古籍出版社，2000．

［23］洪修平．儒佛道哲学名著选编［M］．南京：南京大学出版社，2006．

［24］洪修平．中国禅学思想史［M］．北京：中国人民

大学出版社,2007.

[25] 矶部祐子. 关于中国才子佳人小说对东亚的影响——以《二度梅》和《好逑传》为中心[M]//中国社会科学院文学研究所中国古代小说研究中心. 中国古代小说研究:第2辑. 北京:人民文学出版社,2006.

[26] 姜其煌. 欧美红学[M]. 郑州:大象出版社,2005.

[27] 姜义华. 胡适学术文集:中国哲学史[M]. 北京:中华书局,1991.

[28] 赖永海. 宗教学概论[M]. 南京:南京大学出版社,2004.

[29] 李根亮.《红楼梦》与宗教[M]. 长沙:岳麓书社,2009.

[30] 李零. 上博楚简校读记之三:《性情》[M]//袁行霈. 国学研究:第9卷. 北京:北京大学出版社,2002.

[31] 李天虹. 郭店竹简《性自命出》研究[M]. 武汉:湖北教育出版社,2003.

[32] 李学勤. 女娲传说与其在文化史上的意义[M]//

周天游，王子今. 女娲文化研究. 西安：三秦出版社，2005.

[33] 李治华. 里昂译事［M］. 蒋力，编. 北京：商务印书馆，2005.

[34] 梁归智. 禅在红楼第几层［M］. 北京：中国人民大学出版社，2007.

[35] 梁归智. 独上红楼：九面来风说红学［M］. 太原：山西古籍出版社，2005.

[36] 梁归智.《石头记》探佚［M］. 太原：山西人民出版社，1983.

[37] 梁启超. 翻译文学与佛典［M］//佛学研究十八篇. 台北：中华书局，1966.

[38] 林冠夫. 红楼梦纵横谈［M］. 修订本. 北京：文化艺术出版社，2003.

[39] 刘继保. 红楼梦评点研究［M］. 北京：北京图书馆出版社，2007.

[40] 刘小枫. 拯救与逍遥［M］. 上海：华东师范大学出版社，2007.

[41] 刘再复. 红楼梦悟［M］. 增订本. 北京：生活·读书·新知三联书店，2009.

[42] 刘再复. 《红楼梦》与中国哲学：论《红楼梦》的哲学内涵［J］. 渤海大学学报（哲学社会科学版），2010（2）：5-18.

[43] 刘再复. 《红楼梦》哲学论纲［J］. 陕西师范大学学报（哲学社会科学版），2008（4）：5-16.

[44] 刘再复. 红楼人三十种解读［M］. 北京：生活·读书·新知三联书店，2009.

[45] 刘再复. 红楼哲学笔记［M］. 北京：生活·读书·新知三联书店，2009.

[46] 刘再复，刘剑梅. 共悟红楼［M］. 北京：生活·读书·新知三联书店，2009.

[47] 鲁迅. 《绛洞花主》小引［M］∥鲁迅全集：卷八. 北京：人民文学出版社，1989.

[48] 吕变庭. 程朱理学与理范型［M］. 北京：中国社会科学出版社，2008.

[49] 罗雅纯. 朱熹与戴震孟子学之比较研究：以西方诠释学所展开的反思［M］. 台北：秀威资讯科技股份有限公司，2012.

[50] 梅新林. 红楼梦哲学精神［M］. 上海：华东师范大学出版社，2007.

[51] 牟宗三. 才性与玄理 [M] // 牟宗三先生全集: 二. 台北: 联经出版事业股份有限公司, 2003.

[52] 牟宗三.《红楼梦》悲剧之演成 [J]. 文哲月刊. 1935, 1 (3).

[53] 宁新昌. 论魏晋玄学中的"自然"境界: 以王弼、嵇庚、郭象为例 [J]. 孔子研究, 2009 (1).

[54] 潘运告. 从王阳明到曹雪芹: 阳明心学与明清文艺思潮 [M]. 长沙: 湖南教育出版社, 2008.

[55] 潘重规. 红楼血泪史 [M]. 桂林: 广西师范大学出版社, 2006.

[56] 浦安迪. 中国叙事学 [M]. 北京: 北京大学出版社, 1996.

[57] 强昱. 从魏晋玄学到初唐重玄学 [M]. 上海: 上海文化出版社, 2002.

[58] 任继愈. 佛教大辞典 [M]. 南京: 江苏古籍出版社, 2002.

[59] 舒也. 中西文化与审美价值诠释 [M]. 上海: 上海三联书店, 2008.

[60] 宋广波. 胡适红学年谱 [M]. 哈尔滨: 黑龙江教育出版社, 2003.

[61] 宋广波. 胡适红学研究资料全编 [M]. 北京：北京图书馆出版社，2005.

[62] 宋淇. 论大观园 [J]. 明报月刊，1972（9）.

[63] 孙亦平. 杜光庭评传 [M]. 南京：南京大学出版社，2005.

[64] 孙玉明. 日本红学史稿 [M]. 北京：北京图书馆出版社，2006.

[65] 唐君毅. 中国文化之精神价值 [M]. 桂林：广西师范大学出版社，2005.

[66] 土默热. 土默热红学续 [M]. 长春：吉林人民出版社，2006.

[67] 王达敏. 何处是归程：从《红楼梦》看曹雪芹对生命家园的探寻 [M]. 郑州：大象出版社，1997.

[68] 王国维. 红楼梦评论 [M]. 上海：上海古籍出版社，2005.

[69] 王金波. 弗朗茨·库恩及其《红楼梦》德文译本 [D]. 上海：上海外国语大学，2006.

[70] 王勉. 文学传统和《红楼梦》悲剧主题的形成 [M]//中国社会科学院文学研究所红楼梦研究集

刊编委会编. 红楼梦研究集刊：第 11 辑. 上海：上海古籍出版社，1983.

[71] 王倩. 朱熹诗教思想研究［M］. 北京：北京大学出版社，2009.

[72] 王薇.《红楼梦》德文译本与研究兼及德国的《红楼梦》与研究现状［D］. 济南：山东大学，2006.

[73] 夏志清.《红楼梦》里的爱与怜悯［J］. 现代文学，1966（27）.

[74] 严云受. 胡适论红学［M］. 合肥：安徽教育出版社，2006.

[75] 一粟. 古典文学研究资料汇编：红楼梦卷［M］. 北京：中华书局，1980.

[76] 应必诚. 也谈什么是红学［J］. 文艺报，1984（3）.

[77] 于闽梅. 大家国学：王国维［M］. 天津：天津人民出版社，2009.

[78] 余国藩.《红楼梦》《西游记》与其他：余国藩论学文选［M］. 北京：生活·读书·新知三联书店，2006.

[79] 余英时. 红楼梦的两个世界 [M]. 上海: 上海社会科学院出版社, 2006.

[80] 余英时, 周策纵, 周汝昌, 等. 四海红楼: 下 [M]. 北京: 作家出版社, 2006.

[81] 俞平伯. 俞平伯论红楼梦 [M]. 上海: 上海古籍出版社, 1988.

[82] 俞晓红. 王国维《红楼梦评论》笺说 [M]. 北京: 中华书局, 2004.

[83] 袁行霈. 国学研究: 第9卷 [M]. 北京: 北京大学出版社, 2002.

[84] 张立文. 和合哲学论 [M]. 北京: 人民出版社, 2004.

[85] 张祥龙. 海德格尔思想与中国天道: 终极视域的开启与交融 [M]. 北京: 生活·读书·新知三联书店, 1996.

[86] 张新之. 红楼梦三家评本 [M]. 上海: 上海古籍出版社, 1995.

[87] 赵景瑜. 说不尽的《红楼梦》: 兼谈《红楼梦》的研究方向与方法 [C]//冯其庸. '92中国国际红楼梦研讨会论文集. 北京: 文化艺术出版

社，1995.

[88] 赵齐平．我看红学［J］．文艺报，1984（8）．

[89] 郑碧贤．红楼梦在法兰西的命运［M］．北京：新星出版社，2005．

[90] 中国社会科学院文学研究所红楼梦研究集刊编委会．红楼梦研究集刊：第11辑［M］．上海：上海古籍出版社，1983．

[91] 中国艺术研究院红楼梦研究所．红楼梦研究稀见资料汇编［M］．北京：人民文学出版社，2001．

[92] 周策纵．红楼梦案：周策纵论红楼梦［M］．北京：文化艺术出版社，2005．

[93] 周汝昌．《红楼梦》的真故事［M］．北京：华艺出版社，1995．

[94] 周汝昌．红楼梦新证［M］．北京：人民文学出版社，1976．

[95] 周汝昌．《红楼梦》与"情文化"［J］．红楼梦学刊，1993（1）：67-78．

[96] 周汝昌．红楼梦与中华文化［M］．北京：华艺出版社，1998．

[97] 周汝昌．红楼艺术［M］．北京：人民文学出版

社,1995.

[98] 周汝昌. 什么是红学 [J]. 河北师范大学学报(哲学社会科学版),1982(3):2-9.

[99] 周汝昌. 献芹集 [M]. 太原:山西人民出版社,1985.

[100] 周汝昌. 献芹集:红楼梦赏析丛话 [M]. 北京:中华书局,2006.

[101] 周思源. 红楼梦创作方法论 [M]. 北京:文化艺术出版社,2005.

[102] 周一良. 中国的梵文研究 [J]. 思想与时代,1944(35).

[103] 朱一玄. 《红楼梦》资料汇编 [M]//中国古典小说名著资料丛刊. 第七册. 天津:南开大学出版社,2001.

四、外文研究文献

[1] ANONYM. Der traum der roten kammer [J]. Pester lloyd(Abendblatt),1933-01-07.

[2] BECH LENE. Fiction that leads to truth:"The Story of

the Stone" as skillful means [J]. Chinese literature: essays, articles, reviews, 2004 (26): 1 - 21.

[3] BECH LENE. Flowers in the mirror, moonlight on the water: images of a deluded mind [J]. Chinese literature: essays, articles, reviews, 2002 (24): 99 - 128.

[4] BONNER JOEY. The world as will: Wangkuowei and the philosophy of metaphysical pessimism [J]. Philosophy East and West, 1979, 29 (4): 443 - 466.

[5] BROKAW CYNTHIA J. The ledgers of merit and demerit: social changes and moral order in late imperial China [M]. Princeton: Princeton University Press, 1991.

[6] BÄRTHLEIN THOMAS. "Mirrors of Transition": Conflicting images of society in change from popular chinese social novels [J]. Modern China, 1999, 25 (2): 204 - 228.

[7] CAI ZONG-QI. The influence of Nietzsche in Wangguowei's essay on The Dream of the Red Chamber [J]. Philosophy east and west, 2004, 54 (2): 171 -

193.

[8] CAO HSZÜE-CSIN, KAO O. A vörös szoba álma: regény [M]. Budapest: Kriterion Könyvkiadó, 1959.

[9] CHANG PENG. Modernisierung und Europäisierung der klassischen chinesischen Prosadichtung: Untersuchungen zum Übersetzungswerk von Franz Kuhn (1884-1961) [M]. Frankfurt am Main: Peter Lang, 1991.

[10] CHAN HING-HO. Le Hongloumeng et les commentaries de Zhiyanzhai [M]. Paris: Collège de France, 1982.

[11] CHEN CHUAN. Die chinesische schöne literatur im deutschen Schrifttum [M]. Inauguraldissertation der Universität Kiel, 1933.

[12] CHUANG HSIN-CHENG. Comparative thematic of "The Dream of the Red Chamber" [D]. Indiana: Indiana University Ph. D. dissertation, 1966.

[13] DAVID HAWKES, JOHN MINFORD. The Story of the Stone: A Chinese Novel in Five Volumes [M]. London, New York: Penguin Books, 1973 – 1986.

[14] EDWARDS LOUISE. Gender imperatives in Hongloumeng: Baoyu's bisexuality [J]. Chinese literature:

essays, articles, reviews, 1990 (12): 69 - 81.

[15] EDWARDS LOUISE P. Men & women in qing China: gender in The Red Chamber Dream [M]. Honolulu: University of Hawaii Press, 2001.

[16] EOYANG EUGENE. Chaos misread: or, there's wonton in my soup! [J]. Comparative literature studies, 1989, 26 (3): 245 - 251.

[17] FISK CRAIG. Literary criticism [M] // WILLIAM H NIENHAUSER, Jr. The Indiana companion to traditional Chinese literature, ed. Bloomington: Indiana University Press, 1986: 49 - 58.

[18] FRANZ K STANZEL. Typische formen des romans [M]. Göttingen: Vandenhoeck & Ruprecht, 1965.

[19] FRANZ KUHN. Der traum der roten kammer [M]. Leipzig: Insel Verlag, 1948.

[20] FURTH CHARLOTTE. A flourishing yin: gender in China's medical history [M]. Berkeley: University of California Press, 1999.

[21] GAO YUAN. Freedom from passions in Augustine (religions and discourse) [M]. Oxford: Peter Lang,

2017.

[22] GAO YUAN. The Dream of the Red Chamber and christian theology: seeking a new philosophy of love from the christian perspective [J]. Dialog: a journal of theology, 2018, 57 (1): 66 – 70.

[23] GE LIANGYAN. The mythic stone in Hongloumeng and an intertext of ming-qing fiction criticism [J]. The journal of Asian studies, 2002, 61 (1).

[24] GIRARDOT NORMAN. Myth and meaning in early taoism: the theme of chaos (hun-tun) [M]. Berkeley: University of California Press, 1983.

[25] GRAHAM A C. Appendix: the meaning of ch'ing, in studies in chinese philosophy and philosophical literature [M]. Albany: State University of New York Press, 1986: 59 – 66.

[26] GRAHAM A C. Disputers of the Tao [M]. La Salle, Illinois: Open Court Publishing Company, 1989.

[27] GRAHAM A C. The background of the mencian Theory of human nature [M] // Studies in Chinese philosophy and philosophical literature. Albany: State Uni-

versity of New York Press, 1986: 7 - 66.

[28] GÜTZLAFF, KARL A F. Hung Lau Mung or dreams in the red chamber [J]. Chinese repository, 1842, 11 (5): 266 - 273.

[29] HALL DAVID L. Process and anarchy—a taoist vision of creativity [J]. Philosophy east and west, 1978, 28 (3): 271 - 285.

[30] HALVOR EIFRING. The Hongloumeng and its sequels: paths towards and away from modernity, in toward modernity, ed. Olga Lomová [M]. Prague: Karolinum Press, 2008: 171 - 192.

[31] HALVOR EIFRING. The psychology of love in The Story of the Stone [M] //Love and emotions in traditional Chinese literature. Leiden: Brill, 2004: 271 - 324.

[32] HANSEN CHAD. Qing (emotion) in pre-buddhist chinese thought [M] // JOEL MARKS AND ROGER T. Emotion in Asian thought: a dialogue in comparative philosophy [M]. Ames. Albany: State University of New York Press, 1995: 181 - 210.

[33] HATTO KUHN D R. Franz Kuhn (1884-1961): Lebensbeschreibung und Bibliographie seiner Werke [M]. Wiesbaden: Franz Steiner Verlag, 1980.

[34] HAWKES DAVID. The Story of the Stone: symbolist novel [J]. Renditions, 1986 (25): 6 – 17.

[35] HERMANN HESSE. Romane: der traum der roten kammer [J]. Neue Zürcher Zeitung, 1932 – 12 – 14.

[36] HESSNEY RICHARD C. Beautiful, talented, and brave: seventeenth-century chinese scholar-beauty romances [D]. New York: Columbia University Ph. D. dissertation, 1978.

[37] HSIA C T. Time and the human condition in the plays of tang hsien-tsu [M] // W M THEODORE D E BARY. Self and society in ming thought [M]. New York: Columbia University Press, 1970: 249 – 279.

[38] HUANG MARTIN W. Sentiments of desire: thoughts on the cult of qing in ming-qing literature [J]. Chinese literature: essays, articles, reviews, 1998 (20): 153 – 184.

[39] HUNTINGTON C W. The emptiness of emptiness: an introduction to early indian madhyamika [M]. Honolulu: University of Hawaii Press, 1989.

[40] IDEMA WILT L. Enchantment and disenchantment, love and illusion in chinese literature by Wai-yee Li [J]. T'oung Pao, second series, 1995 (81): 195 – 200.

[41] JEANNIE JINSHENG YI. Dream as representation of allegory: The Roman de la Rose and Hongloumeng [M] //The Dream of the Red Chamber: An Allegory of Love. New Jersey: Homa & Sekey Books, 2004: 152 – 172.

[42] JEANNIE JIN SHENG YI. Dream sequence as the narrative framework [M] // The Dream of the Red Chamber: An Allegory of Love. New Jersey: Homa & Sekey Books, 2004: 13 – 45.

[43] JEANNIE JIN SHENG YI. The co-existence of dream and reality [M] // The Dream of the Red Chamber: An Allegory of Love. New Jersey: Homa & Sekey Books, 2004: 46 – 75.

[44] JORMA PARTANEN. Punaisen huoneen uni: vanha kiinalainen romaani [M]. Turku. Jyväskylä: K. J. Gummerus Osakeyhtiö, 1957.

[45] KAO YU-KUNG. Lyric vision in chinese narrative tradition: a reading of Hungloumeng and Ju-lin Wai-shih [M]//ANDREW H PLAKS. Chinese narrative: critical and theoretical essays. Princeton: Princeton University Press, 1977: 227-243.

[46] LEVY DORE. Ideal and actual in The Story of the Stone [M]. New York: Columbia University Press, 1999.

[47] LIN SHUEN-FU. Chia Pao-yü's first visit to the land of illusion: an analysis of a literary dream in an interdisciplinary perspective [J]. Chinese literature: essays, articles, reviews, 1992 (14): 77-106.

[48] LIU ZAIFU. Reflections on Dream of the Red Chamber, transl. by Shu Yunzhong [M]. New York: Cambria Press, 2008.

[49] LI WAI-YEE. Enchantment and disenchantment: love and illusion in chinese literature [M]. Princeton:

Princeton University Press, 1993.

[50] LU HSIAO-PENG. From historicity to fictionality: the chinese poetics of narrative [M]. Stanford: Stanford University Press, 1994.

[51] MORSON GARY SAUL. Narrative and freedom: the shadows of time [M]. New Haven & London: Yale University Press, 1994.

[52] NEEDHAM JOSEPH. Science and civilization in China, Vol. 2 [M]. Cambridge: Cambridge University Press, 1977.

[53] NICOLAS STANDAERT (ed.) Handbook of christianity in China [M]. Leiden: Brill, 2001: 845 – 846.

[54] O'FLAHERY WENDY DONIGER. Dreams, illusions and other realities [M]. Chicago: University of Chicago Press, 1984.

[55] OTTOMAR ENKING. Der traum der roten kammer [J]. Deutsche alllgemeine zeitung, 1932 – 12 – 28.

[56] PLAKS ANDREW H. Archetype and allegory in The Dream of the Red Chamber [M]. Princeton: Prince-

ton University Press, 1976.

[57] PLAKS ANDREW H. Hongloumeng piyu pianquan [M]. Taipei: Nantian SHUJU, 1997.

[58] PLAKS ANDREW H. Terminology and central concepts [M] // DAVID ROLSTON. How to read the Chinese novel. Princeton, New Jersey: Princeton University Press, 1990.

[59] PLAKS ANDREW H. The four masterworks of the ming novel [M]. Princeton, New Jersey: Princeton University Press, 1987.

[60] PLAKS ANDREW H. Where the lines meet: parallelism in Chinese and western literatures [J]. Poetics today, 1990, 11 (3): 523 - 546.

[61] POHL KARL-HEINZ. The role of the heart sutra in The Dream of the Red Chamber [J]. European journal of sinology, 2014 (5): 9 - 20.

[62] ROLSTON DAVID L. Traditional chinese fiction and fiction commentary: reading and writing between the lines [M]. Stanford: Stanford University Press, 1997.

[63] SANTANGELO PAOLO AND ULRIKE MIDDENDORF (ED.). From skin to heart: perceptions of emotions and bodily sensations in traditional Chinese culture [M]. Harrassowitz Verlag: Wiesbaden, 2006: 183 - 203.

[64] SAUSSURE FERDINAND DE. Cours de linguistique générale [M]. Paris: Payot, 1972.

[65] SAUSSY HAUN. Reading and folly in The Dream of the Red chamber [J]. Chinese literature: essays, articles, reviews, 1987 (9): 23 - 47.

[66] SAUSSY HAUN. The age of attribution: or, how the "Hongloumeng" finally acquired an author [J]. Chinese literature: essays, articles, reviews, 2003 (25): 119 - 132.

[67] SCOTT MARY ELIZABETH. Azure from indigo: Hongloumeng's debt to Jinpingmei [D]. Princeton: Princeton University Ph. D. Dissertation, 1989.

[68] SHAN TE-HSING. A Study of chih-yen-chai's commentary on the Hongloumeng [J]. Studies in language and literature, 1986 (2): 135 - 155.

[69] SUZUKI D T. Studies in the lan. kavatara sutra [M]. London: George Routledge and Sons, 1930.

[70] TS'AU SJUE TSJ'. De droom in de roode kamer [M]. Den Haag: J. Philip. kruseman, 1946.

[71] VANESSA GROß. Der Übersetzer als Schöpfer: vier Versionen des chinesischen Romanklassikers der traum der roten kammer/die geschichte vom stein [M]. Berlin: Regiospectra Verlag, 2011.

[72] VON ZACH E. Zur sinologischen literatur: der traum der roten kammer [J]. Deutsche wacht, 19 (1933): 29 – 30.

[73] WANG JOHN C Y. The chih-yen-chai commentary and The Dream of the Red Chamber: a literary study [M]//ADELE RICKETT. Chinese approaches to literature. Princeton: Princeton University, 1978: 193 – 195.

[74] WAYMAN ALEX. The mirror as a pan-buddhist metaphor-simile [J]. History of religions, 1974, 13 (4): 251 – 269.

[75] WOLFGANG KUBIN (Hrsg.). Hongloumeng: studien zum traum der roten kammer [M]. Bern: Peter Lang,

1999.

[76] WONG EVA. A daoist guide to practical living, transl. Lieh-Tzu [M]. Boston: Shambhala, 1995.

[77] WONG KAM-MING. Point of view, norms, and structure: Hongloumeng and lyrical fiction [M] // ANDREW PLAKS. Chinese narrative: critical and theorical essays [M]. Princeton: Princeton University Press, 1977, 203 – 226.

[78] WONG KAM-MING. The butterfly in the garden: utopia and the feminine in The Story of the Stone [J]. Diogenes, 2006, 53 (1): 122 – 134.

[79] WONG SIU-KIT. Ch'ing in chinese literary criticism [D]. Oxford: Oxford University Ph. D. dissertation, 1969.

[80] XIAO CHI. The garden as lyric enclave: a generic study of The Dream of the Red Chamber [D]. St. Louis: Washington University Ph. D. Dissertation, 1993.

[81] YANG XIANYI, GLADYS YANG. A Dream of Red Mansions [M]. Beijing: Foreign Language Press, 1978.

[82] YEE ANGELINA C. Counterpoise in Hongloumeng [J]. Harvard journal of Asiatic studies, 1990, 50 (2): 613 - 650.

[83] YI JEANNIE JINSHENG. The Dream of the Red Chamber: An Allegory of Love [M]. New Jersey: Homa & Sekey Books, 2004.

[84] YIM CHI-HUNG. The "Deficiency of Yin in the Liver": Dai-yu's malady and Fubi in "The Dream of the Red Chamber" [J]. Chinese literature: essays, articles, reviews, 2000 (22): 85 - 111.

[85] YU ANTHONY C. Rereading the stone: desire and the making of fiction in The Dream of the Red Chamber [M]. Princeton: Princeton University Press, 1997.

[86] YU ANTHONY C. The quest of brother amor: buddhist intimations in The Story of the Stone [J]. Harvard journal of Asiatic studies, 1989, 49 (1): 55 - 92.

[87] YU DAVID C. The creation myth and its symbolism in classical taoism [J]. Philosophy east and west, 1981, 31 (4): 479 - 500.

[88] ZHOU RUCHANG. Between noble and humble: Cao xueqin and The Dream of The Red Chamber [M] // LIANGMEI BAO AND KYONGSOOK PARK. RONALD R GRAY, MARK S FERRARA, transl. New York: Peter Lang, 2009.

[89] ZHOU ZUYAN. Chaos and the gourd in The Dream of The Red Chamber [J]. T'oung Pao, second series, 2001, 87 (4): 251 -288.

[90] ZHOU ZUYAN. Daoist philosophy and literati writings in later imperial China: a case study of The Story of The Stone [M]. Hongkong: Chinese University Press, 2013.

索 引

A

阿毗昙心论/119,147

阿毘达摩大毘婆沙论/78,119,147

爱德华（Louise P. Edwards）/21

B

巴斯兰（Thomas Bärthlein）/56

白盾/64

本际经/79

C

才性与玄理/125

蔡宗齐（Zong-qi Cai）/58

参同契/77

禅宗思想的形成与发展/65，72，137

陈维昭/3，110

成玄英/79，80，82，119

程颢、程颐（二程）/55，115-116，118

澄明之境/36，81，134，139，140，160

重玄/重玄学/34，77-80，119，158

D

大学/5，6，9

大正新修大藏经/77-78，119，146，147

大旨谈情/1，62

大智度论/77

戴震/10，17，100-101

道·莱宜（Dore Levy）/147

道德经义疏/80

道教/13 - 14，2 - 627，77，79，80，82

邓遂夫/9，12

洞元经/19，77

杜光庭评传/79

杜继文/146，148

敦煌/3，65 - 66，70，71，139，154

F

方蔚林（舒也）/19

焚书/47，48

风骚/2，19

冯梦龙/17，92

冯其庸/3

佛本行集经/147

佛性/50，65，70，77

芙蓉女儿诔/105，108

G

葛瑞汉（A. C. Graham）/44，47

庚辰本/15，66 - 67，93，124，155

顾炎武/11，17

郭店竹简/45，47

郭齐勇/17

郭象/59，125

H

海德格尔/43，110，140

好了（好了歌）/2，24，67，107，122，131

好事多魔（磨）/15，66，90，93

和合学/35，111，141，147，159

黑逍遥/145

红楼梦的两个世界/2，24，53

红楼梦评论/6，21，71，132，134

洪修平/3，47，48，65，72，137

胡适/4，106

淮南子/94，115，125

黄宗羲/11，17，47

惠能/65，72，81－82，136－139

霍克思（David Hawkes）/14

J

基督教/20,150

嵇康/59,125

吉藏/70

甲骨学/154

甲戌本凡例/12,62

假语村言/14,24,42,

江顺怡/6,

蒋玉菡/56-57

绛珠仙草/108,148,150,

戒定慧/146,

金刚经/14,77

金瓶梅/8,17,103,113,

警幻仙子/53,97,

俱舍论/146

K

空空道人/22,62,64,75-76,133,142

空有相即/65

L

赖永海/94

楞严经宝镜疏/50

黎靖德/89,115

李零/46

李学勤/95

李贽/11,17,47-48

理本体/158,161

理一分殊/89-91

梁归智/2,21,68

梁武帝/15

林冠夫/109

林中路/140

刘小枫/2,88

刘再复/2,21-22

刘宗周/17

落堕情根/28-29,91,96,99,101-102,

吕变庭/86,117-118

M

茫茫/2,31,35,74,77,117,125,

孟子字义疏证/100-101

梦幻情缘/54,160

明清才子佳人小说/10

牟宗三/7,125

牡丹亭/17,104,

N

南华经/130-131

宁新昌/125

P

皮肤滥淫/100

浦安迪（Andrew H. Plaks）/25,51,84,

Q

遣之又遣/80

强昱/79,119,

秦太虚/63

情榜/67，91，124，156

情毒/26，42，70-71，81，138

情梦相摄/31-32，156，159-160

情僧录/75

情史/17

R

人情/3，18，26，29，33-34，42-43，46，54-58，60，83，94，102，156-157，160

仁王般若经疏/77-78

任继愈/78

肉蒲团/17

儒林外史/4

阮籍/58-59

S

三位一体/118，150

色空/21，22，24，64，65，88

僧肇/72，78-79

山海经/94

尚情主义/19,36,58,159

神瑛侍者/20,70,148-150

诗经/45,98

世记经·世本缘品/148

水浒传/8,9,113

司马永光/118

斯高特(Mary Scott)/103

四十二章经/146

宋明理学/11,15,17-18,28-29,45,55,87-88,116,161-162

苏雪林/4

孙亦平/79

孙玉明/38

孙周兴/140

T

坛经/65-66,77,130,139

探佚学/3,154

唐君毅/7

桃花扇/6,17

童心说/17,47-48

W

万境归空/12,14,32,35,96,128,142,150,154,160

王弼/58-59,125

王夫之/11,17,18,47

王国维/6-7,21,58,71,132,134,154

王金波/38

王薇/38

王熙凤/50

维摩经·观众生品/72

维摩经·问疾品/78

魏晋情论/45,59,60,114,157

魏曼(Alex Wayman)/52

无常/54,99,107-108,131,145

无情之情/30-31,33,58,75,112,113-114,119,133,158

无我/34-35,126,130,138-139

无无/35,42,79,122,126,128-130,141,143,159,161

无相/65,89,122,138-139,161

悟书/5-6,8,10-11,36,154-155,161

X

西蒙·科努提拉（Simo Knuuttila）/4

西厢记/6,77,104

夏志清/113

心经/77

新道家/48,58

性空妙有/63,66

性情论/15

性自命出/45-47

Y

一粟/5-7,23

以情融理/29,31-32,35,86-87,112,114,118,122,141,156,158,160

以情悟道/28,32,35,53,82-83,128,154,156,

160 – 161

易迟煌（Chi-hung Yim）/145

意淫/9，26，42，69，70，100

余国藩/49

余英时/2，24，52 – 53

俞平伯/53

俞晓红/71

袁黄/88，92

约玛·帕塔宁（Jorma Partanen）/37

Z

张立文/111

张祥龙/43

张新之/5，9，93，

张载/15，70

拯救与逍遥/2，88

正邪两赋/42，57，89

郑碧贤/38

知北游/117，128，145

脂砚斋重评石头记/9，12

中道/66,157

中国禅学思想史/137

众妙之门/79

周策纵/109

周敦颐/89

周思源/52

周易/5,9,18

周祖炎（Zuyan Zhou）/48,75,82,125,133-134,149

朱熹/15,89,91,101,115

朱子语类/89,115

诸法实相/51-54,86,107,161

庄子/13,44,58,117